Début d'une série de documents
en couleur

COUVERTURES SUPERIEURE ET INFERIEURE D'IMPRIMEUR

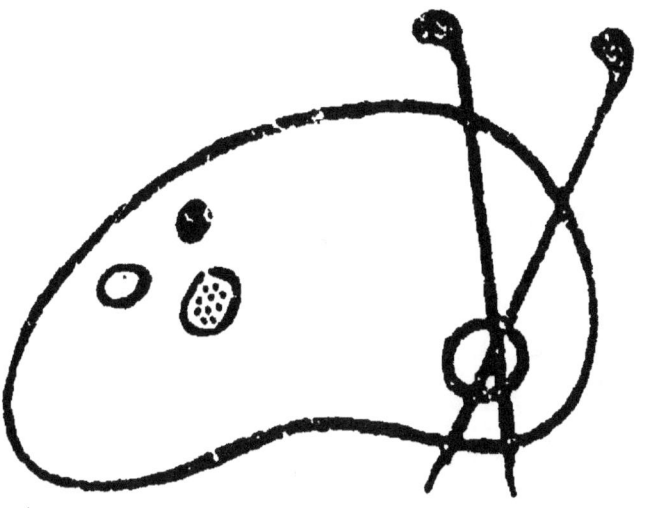

Fin d'une série de documents
en couleur

LES

FANTAISIES DE PETIT PAUL

1re SÉRIE IN-12.

Elle lui noua le mouchoir autour du cou.   (P. 62.)

LES
FANTAISIES
DE PETIT PAUL

PAR

MARIE GUERRIER DE HAUPT

Lauréat de l'Académie française.

LIMOGES
EUGÈNE ARDANT ET Cie, ÉDITEURS.

LES FANTAISIES

DE

PETIT PAUL

―――⟶⟨❦⟩――――

Petit Paul avait huit ans; il était bon, spirituel, aimable, gentil au possible.

Pourtant il avait quelquefois de singulières fantaisies, ce cher petit Paul.

Disons d'abord que c'était un enfant gâté.

Mais non pas gâté comme vous l'êtes tous plus ou moins, mes chers petits lecteurs, par une maman un peu faible qui évite de vous réprimander lorsque vous le méritez, ou par un grand-papa qui prévient vos

moindres désirs, quoique ces désirs ne
soient pas toujours parfaitement raisonna-
bles.

Petit Paul était gâté plus qu'aucun enfant n'a jamais été et ne sera jamais gâté.
Ses caprices les plus étranges étaient satisfaits par son grand-père, sa grand'mère,
et par tous les domestiques de la maison,
qui savaient bien que le meilleur moyen
de plaire à leurs maîtres était de se ren-
are agréables au petit garçon.

J'ai oublié de vous dire que petit Paul
n'avait plus ni père ni mère; il avait été
élevé par ses grands-parents, et comme
sa santé délicate avait exigé de leur part
les soins les plus minutieux, ils lui savaient gré d'être devenu à huit ans un
fort et robuste garçon. Ils l'auraient volontiers remercié d'être bien portant, et petit
Paul (ce qui était mal) abusait de leur
bonté, de leur excessive indulgence; il
n'écoutait les conseils de personne, ne sui-

vait d'autre guide que ses fantaisies, exigeait impérieusement que ses volontés fussent exécutées dès qu'il les avait exprimées, et cependant il s'en fallait de beaucoup, je vous assure, que ces désirs fussent toujours faciles à réaliser.

Quand il ne s'agissait que de faire monter l'homme qui montre la lanterne magique, ou de réunir à l'improviste les camarades de petit Paul, ou de se procurer des cerises et des fraises au mois de décembre, tout le monde était heureux, car le petit despote avait ce qu'il désirait.

Mais une fois entre autres, il s'avisa de désirer faire au mois de juillet, par une chaleur insupportable, des boules de neige dans le jardin.

Grand émoi dans la maison.

— Petit Paul voudrait faire des boules de neige! dit avec tristesse la bonne-maman.

— Des boules de neige par cette chaleur!

s'écrie le grand-papa au comble de la surprise.

— Est-ce possible? reprend Marianne, la vieille cuisinière, en joignant les mains.

Pierre, le domestique, ne dit rien, mais il baisse la tête d'un air consterné, et paraît profondément affligé de ne pouvoir contenter son jeune maître.

Fox lui-même, le petit chien favori de la bonne-maman, Fox, d'ordinaire si fou, si joueur, étendu aux pieds de sa maîtresse,

> L'œil morne maintenant, et la tête baissée,
> Semble se conformer à sa triste pensée.

— Où est M. Paul? dit tout à coup Justine, la femme de chambre.

— Dans le salon, répond la bonne-maman; il pleure et se dépite en demandan'. qu'il neige.

— Eh bien! Madame, s'écrie Justine. puisqu'il est impossible d'avoir de la neige dans le jardin au mois de juillet, il faut tâcher de détourner ses idées en l'amusant d'autre chose.

— D'autre chose, d'autre chose, c'est facile à dire, reprend le bon-papa. Essayez, cependant, si vous voulez; mais le plus sûr, pour contenter petit Paul, serait de lui procurer le moyen de faire des boules de neige.

Justine regarde son maître avec étonnement; cependant, elle pense qu'il a voulu plaisanter, et va trouver petit Paul, qui trépigne au milieu du salon, en criant :

— Qu'on aille chercher mes camarades! Qu'on fasse tomber de la neige dans le jardin! Je veux faire des boules de neige.

— Monsieur Paul, lui dit la femme de chambre, il faut attendre quelques mois, et vous ferez des boules de neige tant que vous voudrez.

— Non, répète-t-il, je veux en faire tout de suite, moi!

Et petit Paul frappe du pied avec colère.

— Voulez-vous que j'aille chercher vos
amis? je vous ferai ensuite une jolie collation que je vous servirai sous les arbres;
vous avez des gâteaux, des fruits, de la
crème; je vous assure que ce sera bien plus
amusant que de faire des boules de neige.

Mais la pauvre Justine a beau faire, rien
ne tente petit Paul, qui vient en pleurant
trouver son grand-papa et lui dit que tout
le monde prend plaisir à le contrarier.

Le grand-papa, désespéré, voudrait bien
pouvoir imiter ce seigneur russe qui, ayant
eu la fantaisie d'aller en traîneau au milieu
de l'été, fit couvrir d'une épaisse couche
de sel le chemin qu'il devait parcourir;
malheureusement sa fortune, quoique
grande, n'est pas suffisante pour lui permettre de suivre un pareil exemple; d'ailleurs, quand bien même il pourrait faire
apporter dans son jardin assez de sel pour

simuler la neige, cette opération deman-
derait beaucoup de temps, et lorsqu'elle
serait achevée, petit Paul aurait sans
doute déjà oublié ce caprice pour un
autre.

Ce jour-là fut un jour néfaste pour tout
le monde; Paul était triste!

La bonne-maman oublia de faire sa promenade habituelle sous les beaux arbres
lu jardin; le grand-papa ne lut pas son
journal; Marianne laissa brûler le dîner;
Pierre n'arrosa pas les fleurs; Justine, qui
d'ordinaire riait sans cesse, fut sérieuse et
même de mauvaise humeur.

Quant à Fox, il prit part à la tristessse
générale en aboyant de toutes ses forces
contre les gens qui passaient dans la rue
et qu'il voyait à travers la grille entourant
le jardin.

Mais, fort heureusement, toutes les fantaisies de petit Paul ne se terminaient pas
d'une manière aussi triste.

Il en avait quelquefois de si comiques, que les personnes les plus sérieuses ne pouvaient s'empêcher d'en rire.

Témoin cette fois qu'il s'avisa de faire acheter, un jour de mardi gras, une douzaine de masques représentant les physionomies les plus singulières, de les assujétir à des traversins qu'il coiffa de bonnets de coton, et de placer ces mannequins improvisés aux fenêtres de la maison qui donnaient sur la rue, de sorte que toute la journée les badauds s'arrêtaient et les gamins criaient en voyant ces bonshommes en bonnet de coton.

Je vous ai dit que petit Paul était bon; aussi, quelquefois ses fantaisies partaient de son excellent cœur.

Étant un jour allé se promener avec sa bonne Justine, il rencontra deux pauvres petits garçons qui demandaient l'aumône.

Comme son grand-papa ne laissait jamais sa bourse complètement vide, il s'empressa de mettre un sou dans chacune des petites mains amaigries qui se tendaient vers lui.

— Voyez pourtant, monsieur Paul, lui dit Justine, comme ces pauvres enfants sont malheureux! Ils n'ont pas toujours du pain, et vous êtes comblé de gâteaux et de bonbons.

— Tu as raison, ma bonne! s'écria petit Paul, frappé d'une idée subite. Pauvres enfants! je veux qu'ils soient heureux une fois!

Sans s'expliquer davantage, il revint sur ses pas et aborda les deux enfants.

— Voulez-vous venir goûter avec moi? leur dit-il; vous aurez des gâteaux, de la crème et des bonbons.

Les deux enfants le regardèrent tout surpris; ils ne pouvaient en croire leurs oreilles. Cependant ils se levèrent joyeux, prêts à suivre le petit monsieur qui leur faisait une proposition si agréable.

— Ecoutez, dit petit Paul; toute réflexion faite, ne venez pas maintenant avec
moi, vous me rejoindrez dans une heure
au parc Monceaux (les grands-parents de
petit Paul demeuraient à peu de distance
de cette jolie promenade), et vous m'amè-
nerez tous les petits pauvres que vous
pourrez rencontrer. Voulez-vous?

— Oui, Monsieur, dit en riant l'aîné des
enfants, qui paraissait avoir à peu près dix
ans.

Petit Paul indiqua à ses deux protégés
l'endroit où ils le retrouveraient dans le
parc Monceaux, qu'il connaissait parfaitement, puisque chaque jour il allait s'y
promener.

Justine hasarda quelques observations.

— Je le veux, ma bonne, dit petit Paul.

Cet argument était sans réplique. Cependant la bonne, contrariée peut-être en songeant qu'elle devrait marcher en tête d'une
troupe d'enfants en haillons, représenta

au petit garçon que sa bonne-maman serait mécontente de le voir rentrer en si nombreuse société ; qu'il n'y avait pas de collation préparée pour tant de monde ; qu'il ferait mieux de remettre à un autre jour l'exécution de son projet, et d'en parler d'avance à sa bonne-maman.

Enfin, Justine lui donna une foule de raisons, toutes meilleures les unes que les autres, pour le faire renoncer à l'idée d'offrir à goûter à tous les petits pauvres du quartier.

Mais petit Paul lui répondit :

— Ma bonne, tu prépareras une jolie collation dès que nous serons rentrés, et tu sais bien que jamais bonne-maman n'est mécontente lorsque tu me fais plaisir.

A ceci Justine ne trouva rien à répondre, car elle savait bien que petit Paul disait la vérité.

Au bout d'une heure, on vit arriver à l'endroit convenu les deux enfants.

Ils annoncèrent à Paul qu'une quinzaine de petits pauvres l'attendaient à l'entrée du parc.

Et petit Paul, au comble de la joie, s'empressa d'aller les trouver et de se mettre à leur tête pour les conduire chez sa bonne-maman, au grand désespoir de Justine, qui était toute confuse en voyant les habitants des maisons devant lesquelles on passait se mettre aux fenêtres, les badauds s'arrêter, et les gamins suivre petit Paul en riant et en criant.

La bonne-maman, lorsqu'elle vit entrer tous ces enfants et lorsqu'elle entendit le bruit qui se faisait devant chez elle, ne put comprendre ce que cela signifiait.

Son petit-fils le lui expliqua. Ainsi qu'il l'avait prévu, l'excellente dame, loin de se fâcher, lui fit compliment de son bon cœur, et ordonna à Justine de préparer une magnifique collation, que l'on servit dans le jardin.

Qui fut bien content?

Petit Paul d'abord, on le comprend, il était le roi de la fête. Mais tous les pauvres petits enfants, quelle joie était la leur ! Ils n'avaient jamais vu tant de gâteaux et de bonbons. Il y en avait qui n'osaient toucher à rien; d'autres, au contraire, touchaient à tout et n'auraient rien laissé pour le reste des convives, si Pierre, Marianne et Justine n'y eussent mis bon ordre.

Quelques-unes pensaient à leurs parents, à des frères ou des sœurs plus jeunes ou malades, qui n'avaient pas été conviés à ce festin inattendu, et ils demandaient timidement la permission d'emporter leur part pour l'offrir à ceux qui leur étaient chers.

A ceux-là on donnait bien vite double et triple part. Un jour, chers lecteurs, je vous raconterai l'histoire de quelques-uns d'entre eux, et vous apprendrez quel cœur, quel courage, quel dévouement sublime on

trouve quelquefois sous les haillons d'un
pauvre enfant qu'on aperçoit à peine blotti
dans le coin d'une porte cochère, atten-
dant patiemment le petit sou qu'il n'ose
pas toujours demander et qu'on oublie
trop souvent de lui donner.

Petit Paul fut profondément impres-
sionné par cette fête donnée aux enfants
pauvres, et comme une bonne action re-
çoit toujours, même ici-bas, sa récompense,
Dieu, sans doute touché de son excellent
cœur, lui inspira quelques réflexions sa-
lutaires.

Quoique déjà grand, puisque, comme je
vous l'ai dit, il était âgé de huit ans, petit Paul ne savait cependant encore ni lire
ni écrire. Sa grand'maman avait essayé
maintes fois de lui donner quelques leçons,
mais toujours l'enfant s'était révolté à l'i-
dée de s'imposer la moindre contrainte.
C'est ainsi qu'il avait grandi dans la plus
complète ignorance.

De même, quoiqu'il eût bon cœur, il paraissait quelquefois presque égoïste, et l'on
ne s'en étonnera pas si l'on songe qu'il
avait toujours vu ceux qui l'entouraient
uniquement préoccupés de satisfaire ses
moindres fantaisies, de sorte qu'il avait
fini aussi par trouver naturel de ne penser
qu'à lui.

Pourtant, l'exemple de deux ou trois des
petits mendiants, qui s'oubliaient eux-mê-
mes pour ne songer qu'à leur famille, le fit
réfléchir plus sérieusement qu'il ne l'avait
fait de sa vie. Il compara l'existence qu'il
menait à celle de ces pauvres enfants ; il se
dit qu'il était inutile à ceux que pourtant
il aimait de tout son cœur, et comme chez
petit Paul l'action suivait toujours de près
la pensée, il alla trouver sa grand'mère.

— Bonne-maman, dit-il, enseignez-moi
un moyen de vous être utile je m'ennuie de
vous voir sans cesse occupée de me faire

plaisir, tandis que moi je ne vous sers à rien.

— Cher petit Paul, dit la bonne dame en l'embrassant tendrement, je reconnais ton excellent cœur à ces paroles, mais que cette pensée ne te tourmente pas; ton grand-papa et moi nous sommes heureux de ton bonheur, et le vrai moyen que tu possèdes de nous être agréable, c'est d'être gai et bien portant.

— Bonne-maman, j'aurais pourtant voulu trouver un moyen de vous faire un plaisir, à vous; mais là, à vous, répéta petit Paul avec un peu d'impatience.

La bonne-maman réfléchit pendant quelques instants.

— Veux-tu vraiment me faire plaisir, à moi, comme tu le dis? Je vais t'en donner le moyen, mais je crains qu'il ne te semble pénible.

— Non, non, bonne-maman; dites vite et vous verrez!

— Essaye d'apprendre à lire; je te donnerai des leçons, et je serai très-heureuse
quand mon cher petit Paul saura lire couramment dans les beaux livres que je lui
donnerai.

— C'est dit, bonne-maman! s'écria le
petit garçon au comble de la joie; vous
verrez que j'apprendrai bien! Voulez-vous
me donner tout de suite une leçon?

La bonne-maman, plus heureuse peut-
être que son petit-fils, s'empressa de céder
à cette nouvelle fantaisie et d'aller chercher l'alphabet.

Elle croyait que petit Paul renoncerait
bientôt aux leçons de lecture; mais, contre
son attente, il prit goût à l'étude et fut
bientôt en état de lire facilement des his-
toires entières, imprimées en gros carac-
tères.

Les grands-parents étaient fiers de leur
petit-fils, dont ils ne se lassaient pas de
vanter la sagesse et l'intelligence.

Et cependant, je vous assure que petit Paul était loin d'avoir renoncé aux étranges fantaisies qui lui étaient habituelles.

Il le fit bien voir lorsqu'il demanda impérieusement que l'on donnât une grande soirée pour faire juger à tous les amis de son aïeul de ses progrès en lecture.

On eut le tort de céder à ce caprice, et naturellement les invités prodiguèrent, par politesse, les louanges les plus exagérées au petit garçon, qui se croyait un grand savant parce qu'à neuf ans il lisait à peu près couramment.

Je ne vous parlerai pas des mille fantaisies qui lui passaient chaque jour par la tête; s'il fallait en dire seulement le quart, on n'en finirait pas; ainsi, petit Paul était très-grand pour son âge, et cependant, le dimanche, Pierre devait le porter sur son bras pour aller à l'église.

Vous jugez si les badauds riaient en

voyant ce grand garçon qu'on portait comme un petit bébé.

Depuis qu'il savait lire, il avait pris un goût extrême aux contes de fées, et il aimait surtout à relire toujours les mêmes.

Mais il prétendait que la lecture en était beaucoup plus agréable en mangeant quelque friandise ; aussi, dès qu'on lui donnait un gâteau ou un bonbon, petit Paul prenait son livre, auquel trop souvent il mettait des taches de jus de fruits ou de confitures.

Mais personne ne songeait à s'opposer à toutes ces manies, car ses grands-parents, au contraire, s'amusaient beaucoup de le voir assis près d'une table, avec son livre devant lui, une assiette de gâteaux à sa droite, un verre d'eau rougie ou d'eau sucrée à sa gauche, et lisant attentivement, tandis que le petit chien Fox, debout sur ses pattes de derrière, réclamait sa part de friandises avec une insistance qui man-

quait rarement de toucher le cœur du pe
tit garçon.

Un jour il se mit en tête, étant dans le
jardin avec plusieurs de ses amis, d'atteiu-
dre une grappe de raisin doré qu'on apercevait tout au haut d'une treille.

Sans hésiter, il alla chercher une échelle,
dit à Georges, un de ses camarades, de la
tenir, et se mit en devoir d'y monter pour
atteindre la grappe de raisin.

Mais, arrivé au dernier échelon, il était
encore loin du fruit convoité. Petit Pau
se dressa sur la pointe des pieds, et, per-
dant l'équilibre, tomba sur la tête de Georges en poussant des cris affreux.

Les deux enfants roulèrent par terre.

Heureusement la terre était humide, et
ils en furent quittes pour quelques contu-
sions; mais la bonne-maman eut une peur
effroyable en voyant de sa fenêtre l'accident arrivé à son cher petit-fils. Elle accourut toute tremblante, et l'émotion

violente qu'elle avait éprouvée l'obligea de garder le lit pendant plusieurs jours.

Tout ceci vous prouve, chers pètits lecteurs, que notre ami Paul, malgré son zèle pour la lecture, n'était pas, comme le prétendait son indulgent aïeul, devenu un prodige de sagesse et de raison.

Un matin, le facteur apporta aux parents de petit Paul une lettre qui parut les tourmenter beaucoup. Ils s'enfermèrent tous deux, et, pendant plus d'une heure, on les entendit causer avec animation.

Puis le grand-papa prit son chapeau et sortit en oubliant d'embrasser son petit-fils.

Il fallait qu'il fût bien préoccupé, car chaque fois qu'il sortait il l'embrassait plutôt deux fois qu'une.

Petit Paul en fut fort attristé; il prit un livre, et, s'asseyant près d'une fenêtre, oublia de faire du bruit et de bouleverser la maison, suivant son habitude.

La bonne-maman, sans doute, pensait aussi à la lettre arrivée le matin, car elle, qui s'occupait sans cesse de son petit-fils, ne parut pas (chose extraordinaire) s'apercevoir de sa tranquillité inaccoutumée.

Décidément, il se passait quelque chose de grave.

Pendant plusieurs jours, tout le monde fut triste; le grand-père de Paul n'était à la maison qu'aux heures des repas, et pendant ces courts moments où la famille était réunie, chacun restait silencieux et pensif; à tel point que petit Paul, pourtant habitué à n'écouter que son caprice du moment et à céder toujours à son premier mouvement, n'osait élever la voix.

Un jour, l'aïeul rentra pâle et agité; il eut encore une longue conversation avec sa femme, et celle-ci pleura beaucoup.

On avait envoyé petit Paul jouer dans le jardin.

Et petit Paul (ce qui ne lui était peut-être jamais arrivé) avait obéi sans faire aucune réflexion.

Au bout d'un certain temps, sa bonne-maman lui fit, de la fenêtre, signe de venir la trouver.

En approchant d'elle, il remarqua qu'elle avait les yeux rouges.

Je vous ai dit que le cœur de petit Paul était excellent.

Aussi fut-il tout ému lorsqu'il comprit que sa bonne-maman avait un grand chagrin.

— Bonne-maman, qu'avez-vous? dit-il effrayé.

— Mon petit Paul, lui répondit-elle en l'attirant sur ses genoux et en s'efforçant de retenir ses larmes, ce que je vais te dire est peut-être bien sérieux pour un enfant de ton âge; cependant, je crois que tu sauras le comprendre. Tu m'as vue souvent donner à Marianne, à Pierre, à Justine, de l'argent pour acheter les choses que tu désirais; j'avais du bonheur à te rendre heureux.

— Oh ! je le sais, bonne-maman ! interrompit petit Paul en lui jetant ses bras autour du cou.

— Oui, mon cher enfant, reprit tristement la vieille dame; mais, si je pouvais ainsi satisfaire à tous tes caprices, c'est que j'étais riche. Malheureusement, par des circonstances qu'il serait trop difficile de te faire comprendre, ton grand-père a perdu presque toute sa fortune; il nous reste à peine de quoi vivre; et juge du chagrin que j'éprouverai quand tu désireras quelque jouet coûteux, d'être obligée de te le refuser.

— Est-ce là ce qui vous chagrine, grand'maman? s'écria petit Paul; ne craignez rien, je ne vous demanderai plus de joujoux; j'en ai déjà trop, je ne sais qu'en faire !

— Oui, mais ce n'est pas seulement de

joujoux que tu seras privé. Il nous faudra
quitter cette jolie maison pour aller habi-
ter un tout petit appartement; tu n'auras
plus de jardin où courir avec tes camarades, plus de bonne pour te mener promener, pour te servir; tu n'auras que ta
pauvre grand'mère, qui n'est pas bien
forte, tu le sais, et qui sera vite fatiguée.

— Comment, bonne-maman, vous n'aurez plus Justine pour ranger tout dans la
maison ! Mais qui rangera, alors?

— Moi, mon petit Paul, de même que
je ferai notre dîner tous les jours, car je
suis maintenant trop pauvre pour avoir
une cuisinière.

Petit Paul regarda un instant sa
grand'mère d'un air étonné; puis, comme
s'il eût compris tout à coup le malheur
arrivé à ses parents, il fondit en larmes.

— Mon petit Paul, mon cher enfant, disait la grand'maman, ne te désole pas
ainsi; n'as-tu pas la tendresse de tes pa-

rents? Va, je ferai en sorte que tu souffres le moins possible de ce revers de fortune.

— Oh! bonne-maman, dit petit Paul, croyez-vous que ce soit pour moi que je pleure! Ce qui me fait de la peine, c'est de penser que vous devrez vous servir vous-même et vous fatiguer à tout ranger dans la maison.

Les bons parents, touchés de la tendresse que leur témoignait leur petit-fils, s'efforcèrent de calmer son chagrin; et le grand-père s'écria :

— Nous avons bien tort de nous désespérer, cet enfant sera notre consolation ; et qui sait si Dieu, dans sa bonté, ne nous a pas envoyé cette épreuve pour corriger les petits défauts qui empêchent encore notre Paul d'être le plus charmant des enfants.

La triste nouvelle que la bonne-maman avait annoncée à petit Paul n'était que trop vraie, et, peu de temps après, les deux bons vieillards étaient installés avec l'enfant dans un modeste logement situé au troisième étage d'une grande maison sans jardin.

Petit Paul, qui paraissait depuis quelque temps avoir complètement renoncé à ses caprices habituels, reprit tout à coup, le jour de leur installation, le ton décidé qu'il avait jadis.

— Bonne-maman, je vais mettre le couvert, dit-il à sa grand'mère pendant que celle-ci apprêtait de son mieux le repas du soir.

— Non, mon enfant, répondit-elle, je ne le veux pas, j'aime mieux le mettre moi-même.

— Si, bonne-maman, je le veux.

On sait que petit Paul était habitué à voir tout céder devant sa volonté lorsqu'il disait : « Je veux. » Les choses se passèrent ce soir-là comme toujours, et petit Paul mit le couvert.

Après le dîner, il dit à son grand-père :

— Mon bon-papa, je sais maintenant très-bien lire; voudriez-vous me montrer à écrire?

— Oui, certes, et avec bien du plaisir, répondit celui-ci, enchanté de pouvoir encore, malgré sa pauvreté, céder à une fantaisie de son petit-fils.

Il en fut de l'écriture comme de la lecture.

On sait que petit Paul était loin de manquer d'intelligence; il fit des progrès rapides, et son grand-père, voyant le désir que l'enfant avait de s'instruire, consacra chaque jour plusieurs heures à lui donner des leçons de calcul, d'histoire, de grammaire, de géographie.

— Il est dommage, lui disait-il quelquefois, que nous ne puissions plus maintenant donner une soirée pour faire admirer ta science.

Mais si petit Paul avait encore des fantaisies, elles ne ressemblaient guère à celles dent on a lu le récit au commencement de cette histoire.

L'enfant souffrait beaucoup de voir sa chère grand'maman obligée de s'occuper des soins pénibles du ménage.

Il avait obtenu d'elle la permission de faire lui-même dans le quartier une foule de petites commissions, ou plutôt, pour dire la vérité, avouons qu'il ne lui en avait pas demandé la permission, mais qu'il l'avait prise, et que la faible maman, comme d'ordinaire, avait été incapable de résister à la volonté de son petit-fils.

Celui-ci sortait donc seul, et plusieurs fois par jour.

Il entra un matin dans l'étude d'un notaire qui habitait la même rue que ses grands-parents.

Petit Paul chez un notaire, direz-vous? Et qu'allait-il faire chez un notaire?

Ecoutez, et vous allez le savoir. C'était

sans doute encore une des nombreuses fantaisies de petit Paul.

— Je voudrais parler à M. le notaire, dit-il d'une voix ferme en s'adresssant au plus jeune des clercs.

— Pourquoi faire? Qui est-ce qui vous envoie? demanda brusquement celui-ci.

— Personne ne m'envoie, dit fièrement petit Paul; c'est moi qui ai besoin de lui parler.

—Ah! mille pardons, Monsieur, reprit le clerc en le saluant d'un air moqueur; Monsieur a sans doute des affaires importantes; un traité, un acte de vente, peut-être, à moins qu'il ne s'agisse de l'échange d'une tartine de confitures contre une douzaine de marrons?

Petit Paul, habitué à être traité avec déférence et à voir tous ses caprices satisfaits, n'entendait pas raillerie; il rougit de colère et répondit :

— Assez de plaisanteries, Monsieur, allez chercher votre maître.

A ce mot toute l'étude éclata de rire.

— Votre maître ! oh ! votre maître ! Oh ! il est bon, l'enfant ! s'écria-t-on de toutes parts.

Petit Paul s'efforçait de faire bonne contenance, mais cependant il commençait à être un peu déconcerté, lorsqu'un monsieur à l'air grave parut dans l'étude.

C'était justement le notaire.

A son aspect, les rires cessèrent.

Il demanda la cause du bruit qu'il avait entendu, et lorsque le maître clerc la lui eut expliquée, il dit à petit Paul :

— Que me veux-tu, mon enfant?

— Monsieur, dit celui-ci, permettez-moi d'entrer dans votre cabinet, car c'est à vous seul que je veux parler.

Le notaire, séduit par la physionomie intelligente et les manières ouvertes du petit garçon, lui fit signe de le suivre.

— Eh bien! reprit-il en souriant lorsqu'ils furent seuls dans son cabinet, dis-
moi maintenant ce grand secret.

— Monsieur, dit petit Paul, est-il vrai
que les notaires payent, pour copier des
papiers d'affaires, les personnes qui ont
une belle écriture?

— Sans doute.

— Eh bien! Monsieur, j'ai une très-
jolie écriture, grand-père me l'a dit; voulez-vous me donner à copier de ces papiers?

— Oh! oh! mon petit bonhomme, voilà
une prétention qui me semble un peu
exagérée. On ne donne pas de ces papiers
à copier aux enfants; il faut écrire très-
bien, très-vite, et être sûr de copier avec
une parfaite exactitude, pour se charger
d'une pareille besogne.

— Essayez, Monsieur, je vous en prie,
et vous verrez que vous serez content de
mes copies. Oh! ne me refusez pas, ajouta

petit Paul les larmes aux yeux, en lisant d'avance un refus sur la physionomie du notaire.

— Ah çà! mon enfant, tu aimes donc bien l'argent, que tu demandes du travail avec tant d'insistance? Sais-tu que l'avarice est une vilaine chose, et surtout à ton âge?

— Ce n'est pas par avarice! s'écria Paul, rouge d'indignation; si je veux gagner de l'argent, c'est pour que grand'mère puisse prendre une bonne, et pour qu'elle ne soit plus obligée de ranger la maison et de faire le dîner.

— Ah! vraiment. Ceci change la thèse. Viens ici, mon petit ami, dit le notaire en s'asseyant et en attirant l'enfant près de lui, et raconte-moi franchement toute ton histoire.

Petit Paul ne demandait pas mieux; il dit comment il avait été élevé par ses grands-parents, qui cédaient à toutes ses

3

fantaisies; comment ceux-ci, ayant perdu leur fortune, avaient dû quitter leur jolie maison, leur beau jardin, et renvoyer leurs domestiques; et comment lui, petit Paul, avait formé le projet de leur venir en aide par son travail, et de leur rendre, quand il serait grand, leur fortune et leur jolie maison.

Le notaire écouta son récit avec attention; puis, lorsqu'il eut fini :

— Je veux bien, dit-il, mettre ton talent à l'épreuve; je n'ai pas le courage de repousser un excellent enfant comme toi. Prends ces deux feuilles; quand tu les auras copiées, si je les trouve bien, je te donnerai d'autre travail que je te payerai, et tu pourras venir en aide à tes parents.

Dire la joie de petit Paul serait chose impossible; il tremblait si fort en rentrant chez sa grand'maman, il était tellement agité, que celle-ci s'inquiéta, craignant qu'il ne lui fût arrivé quelque accident. Il la rassura de son mieux, sans pourtant lui dire son secret, car il n'était pas encore assez sûr de la réussite de son projet pour oser en parler, et, dès qu'il le put, il se mit à l'ouvrage.

Ce n'était pas une petite tâche, je vous assure, que de copier deux grandes feuilles d'une écriture très-serrée, remplie de mots bizarres que petit Paul ne comprenait pas, qu'il n'avait même jamais entendus. Il fallait écrire très-lisiblement, ne pas faire une seule faute d'orthographe, ne pas changer un seul mot.

Aussi petit Paul n'avançait pas vite, ce qui le désespérait, car le notaire avait dit qu'il fallait écrire vite.

Il travailla, presque sans lever les yeux, pendant toute la journée, et termina l'une des deux pages.

Le surlendemain matin, il se présenta chez le notaire avec son travail achevé.

Pauvre petit Paul, le cœur lui battait

bien fort, et cette fois ce fut d'une voix tremblante qu'il demanda à parler au notaire.

Mais celui-ci avait sans doute donné des ordres à ses clercs, car ils firent entrer aussitôt l'enfant, et, loin de le railler, le traitèrent avec bienveillance.

Quand le notaire eut regardé attentivement les deux pages, parfaitement bien écrites, lisibles et propres que lui présentait petit Paul, il appela son maître clerc en s'écriant :

— Venez, venez voir comment l'amour filial peut rendre un enfant capable de faire ce qui paraît presque impossible à cet âge.

Puis, embrassant petit Paul, il ajouta .

— Mon cher enfant, sois tranquille, j'irai moi-même dans la journée voir tes parents, à qui je raconterai le dévouement de leur petit-fils, et en même temps je te porterai du travail.

Ivre de joie, petit Paul courut chez ses grands-parents, à qui il annonça la visite du notaire, en leur racontant ce qu'il avait fait jusque-là et ce qu'il avait encore le projet de faire pour assurer leur bien-être.

Tous deux furent délicieusement émus du dévouement de leur cher enfant, mais ils ne voulaient pas l'accepter; ils craignaient qu'en s'imposant un travail au-dessus de ses forces, il ne détruisît sa belle santé.

— Je le veux, répétait petit Paul; il ne faut pas me contrarier.

Mais, comme cette fois il s'agissait de sa santé, on ne cédait pas à ses instances aussi vite que d'ordinaire.

La discussion durait encore lorsque le bon notaire arriva. Il se joignit à petit Paul pour obtenir le consentement des grands-parents et finit par y réussir, en promettant qu'il n'accepterait pas de l'enfant plus de travail que celui-ci n'en pouvait faire sans danger pour sa santé.

Petit Paul, au comble de ses vœux, partagea donc son temps entre les leçons que lui donnait son grand-père et le travail qui lui permettait de satisfaire à son tour à quelques-unes des fantaisies des excellents parents qui, pendant si longtemps, n'avaient de plus grand bonheur que de satisfaire aux siennes.

Comme tout son temps était occupé, il en résulta qu'il renonça complètement, et sans même s'en apercevoir, aux incroyables caprices qui le rendaient autrefois quelque peu ridicule, et qu'il devint aussi calme, aussi raisonnable qu'il avait été jadis extravagant et étourdi.

Quelques années plus tard, lorsqu'il eut fait sa première communion, le notaire l'admit au nombre des clercs de son étude, et, lorsqu'il eut atteint l'âge de dix-huit ans, il était devenu tellement habile que

son patron, ayant toute confiance en lui,
s'en remettait à petit Paul (qui n'était plus
petit) du soin de la plupart de ses affaires.

Enfin, l'excellent fils put réaliser son
rêve le plus cher ; le notaire, désirant
prendre du repos, lui céda son étude, et
Paul, devenu riche par son travail et sa
bonne conduite, acheta la jolie maison où
s'était écoulée son enfance.

Ce fut un moment de grand bonheur
lorsqu'il conduisit les deux bons vieillards
dans leur maison, qu'il avait fait meubler
exactement comme elle l'était autrefois.

La pauvre grand'maman, bien vieille
alors, pouvait à peine en croire ses yeux.

— Non, Paul, disait-elle, non, c'est impossible, c'est trop de joie !

— Bonne-maman, répondait celui-ci,
c'est ma dernière fantaisie, pardonnez-la-
moi et n'en parlons plus ; faut-il vous dire,
comme lorsque j'étais petit : Je le veux.

—Cher, cher enfant, que le bon Dieu te bénisse comme nous te bénissons.

L'aïeul ne pouvait dire autre chose.

Petit Paul eut le bonheur de conserver ses grands-parents pendant plusieurs années encore, et sans doute le bonheur et le calme qu'ils devaient à leur petit-fils contribuèrent à prolonger leur existence.

Paul, qui est maintenant un Monsieur pour le moins aussi grave que le notaire auquel il a succédé, raconte quelquefois à son fils l'histoire de ses fantaisies, bonnes et mauvaises, et, après son récit, il ne manque pas d'ajouter :

—Tu vois, mon enfant, que nous ne devons jamais murmurer contre la volonté divine, car souvent ce qui nous paraît un malheur n'arrive que pour notre bien. Sans la ruine de mes grands-parents, qui me priva de toutes les petites satisfactions auxquelles j'étais accoutumé, je serais devenu un enfant insupportable, peut-être même

un égoïste; et au lieu de consoler, de sou-
tenir la vieillesse de ceux qui avaient tant
fait pour moi, j'aurais pu devenir pour
eux une cause de larmes et de désespoir.

IL NE FAUT PAS

TOURMENTER LES ANIMAUX

I. — Quatre Enfants bien malheureux.

Oh! oui, c'étaient vraiment des enfants bien malheureux que ceux avec lesquels nous allons faire connaissance!

Soignés par la meilleure des mères, choyés, caressés, récompensés dès qu'ils faisaient le moindre effort pour remplir leurs devoirs! et grondés si doucement quand ils ne les remplissaient pas, que beaucoup de pauvres enfants auraient encore envié comme des jours de bonheur leurs jours de tristesse et de punition!

L'hiver, à Paris, on travaillait un peu
— pas beaucoup — dans une bonne chambre, bien chaude; on s'endormait tranquillement après avoir prié Dieu auprès
de la chère maman qui tenait dans ses
mains les petites mains jointes!

L'été, à la campagne, on jouait à l'ombre des grands arbres; on courait dans la
prairie, on faisait des parties de cache-
cache avec un papa toujours de bonne
humeur, qui ne groudait jamais, qui ne
faisait jamais les gros yeux!

Le papa prenait avec lui la petite Nini,
la plus jeune de ses filles, une personne de
cinq ans; il l'asseyait sur un tronc d'arbre
renversé, puis il se plaçait lui-même auprès d'elle, dans les hautes herbes qui les
cachaient à demi et auxquelles il ajoutait
encore des branches d'arbres et de menues
broussailles pour que les autres enfants ne
pussent les apercevoir.

Alors on entendait de grands cris et de

bruyants éclats de rire; c'étaient Berthe
et Antoine, avec le petit Gaston, qui cher-
chaient leur sœur et leur papa. Les mala-
droits passaient vingt fois auprès de la ca-
chette sans se douter de rien; et Nini riait!
oh! grand Dieu! comme elle riait! Elle
fourrait ses petites mains dans sa bouche,
au risque de s'étouffer, pour que le bruit
de ses rires n'indiquât pas aux autres enfants l'endroit où elle était cachée. Mais
en dépit de toutes ses précautions, la petite
imprudente finissait par se trahir. Et Antoine accourait, puis Berthe, puis Gaston;
ils enlevaient les broussailles, ils arra-
chaient même les hautes herbes, ils tra-
vaillaient avec tant d'ardeur, qu'ils auraient même pu faire mal à Nini, si le cher
papa n'eût pas été là pour la garantir de
leurs mouvements parfois un peu trop
brusques.

Et l'on riait, et l'on criait de plus belle!
Puis on recommençait jusqu'au moment

où le papa, voyant ses enfants rouges, haletants, ébouriffés, n'en pouvant plus, déclarait qu'il était temps d'aller se reposer.

Oh ! oui, c'étaient des enfants bien malheureux que nos quatre petits amis !

Il ne faut pas croire cependant qu'ils menaient une vie complètement inoccupée.

Antoine, l'aîné, qui avait déjà onze ans, allait au collége, et ses professeurs louaient beaucoup son application et son goût pour l'étude.

Berthe était une raisonnable petite personne de neuf ans, calme et soigneuse, qui prenait, vis-à-vis de Gaston et de Nini, des airs de petite maman à faire mourir de rire.

Gaston, le plus jeune de la bande, n'avait pas encore quatre ans. C'était un gros petit bonhomme, sans souci, enfant gâté de toute la maison, mais qui n'abusait pas trop de ses priviléges et qui endurait assez

patiemment les caprices d mademoiselle
Nini.

Car mademoiselle Nini, que nous venons
de voir de très-bonne humeur parce
qu'elle s'amusait beaucoup, n'était pas
toujours dans des dispositions aussi paci-
fiques.

Malgré tout notre désir de ne présenter
à vos yeux que de petits personnages
doués de toutes les perfections, force nous
est d'avouer que Nini avait un terrible
défaut.

Elle était extraordinairement volontaire.

Et comme il arrive d'habitude en pareil
cas, ce défaut en entraînait plusieurs autres à sa suite. Nini, par cette seule raison
qu'elle était volontaire, était aussi violente,
taquine, capricieuse, obstinée, et commet-
tait parfois des actions qui, aux yeux de
bien de gens, auraient pu la faire passer
pour méchante.

C'est là un affreux portrait ! direz-vous ; et cette petite Nini avait un caractère détestable !

Son caractère n'était pas bon, il est vrai ! Mais pourtant je vous assure que Nini était loin d'avoir un mauvais cœur. On l'avait vue, maintes fois, quand elle n'était pas entraînée au mal par la colère, donner à de pauvres petits enfants la moitié de son déjeuner. Lorsqu'elle était de bonne humeur, elle partageait volontiers ses jouets ou ses bonbons avec son frère, et se réservait même la moins bonne part. Nini n'était donc pas méchante.

Mais c'étaient ces malheureuses colères qui gâtaient tout et qui empêchaient même d'apercevoir les excellentes qualités de la petite fille !

Ainsi, de même que ses frères et sa sœur, elle aimait passionnément les animaux, surtout quand ils étaient petits. On la rencontrait presque toujours avec un chien ou un chat dans les bras; et quand elle était calme, elle prenait plaisir à les caresser ou à leur donner des friandises.

Et pourtant tous les animaux la fuyaient, tandis qu'ils aimaient Berthe et lui obéissaient. C'est que Berthe ne les tourmentait pas; jamais elle ne les obligeait de céder à ses caprices; jamais elle ne les retenait de force sur ses genoux, quand ils voulaient courir et s'ébattre en liberté.

Nini aurait voulu que ces êtres privés de raison cédassent à tous ses caprices, comme le faisaient Antoine et Berthe. Les animaux d'une nature pacifique se résignaient encore à devenir ses victimes; les oiseaux qui remplissaient une grande volière placée au bout de l'orangerie et qu'elle retenait dans sa main malgré leurs efforts pour lui échapper, les petits agneaux qu'elle empêchait d'aller rejoindre leur mère et qui faisaient entendre des bêlements plaintifs, ne pouvaient se révolter contre sa tyrannie; mais il en était d'autres qui, parfois, lui faisaient payer cher ses caprices et sa brusquerie à leur égard.

Les pigeons familiers, habitués à venir manger dans la main des autres enfants, fuyaient à son approche; et quand elle réussissait à s'emparer de l'un d'eux, le petit furieux lui donnait de bons coups de bec et la frappait si fort au visage en agitant ses ailes pour lui échapper, que l'enfant obstinée en portait longtemps les marques.

Les beaux chats angoras, qui suivaient Berthe pour obtenir d'elle une caresse, juraient contre Nini et l'égratignaient dès qu'elle avançait la main pour les prendre. Aussi avait-elle peur des gros chats. Elle n'osait guère s'emparer que des tout petits, qui n'avaient point encore la force de lui résister; mais alors il arrivait souvent qu'elle s'attirait de terribles coups de griffes de la part de la maman chatte, qui craignait qu'on ne maltraitât ses petits.

Il n'était pas jusqu'à Finette, la meilleure bête qu'on eût jamais vue, qui de temps en temps ne montrât les dents à la pauvre Nini! Pourtant Finette appartenait à cette bonne race de caniches, douée d'une patience à toute épreuve et qui semble créée tout exprès pour servir de souffre-douleurs à ces jolis despotes qui abusent souvent de la faiblesse paternelle ou maternelle pour commettre de véritables cruautés. Il fallait, pour motiver de la part de Finette une façon d'agir si contraire à ses habitudes, que Nini l'eût complètement poussée à bout. Et encore, telle était l'excellente nature de la bonne bête, que seule parmi tous les animaux domestiques qui se trouvaient à la maison, elle allait de temps en temps lécher la main de Nini et consentait, quoique avec une répugnance visible, à partager ses jeux, à se laisser atteler au petit chariot dans lequel l'enfant promenait sa poupée, enfin à se prêter à ses exigences, qui, on le devine, étaient nombreuses.

La maman de Nini se désolait en voyant le caractère de sa petite fille devenir chaque jour plus violent. Mais les remontrances restaient sans effet; le naturel était plus fort que les meilleures résolutions. Au moment où Nini venait de promettre à sa mère qu'elle serait désormais plus douce, la moindre contrariété, la plus légère contradiction suffisait pour lui faire oublier toutes ses promesses, pour la mettre en fureur, la faire trépigner, crier et briser ceux de ses jouets qui se trouvaient sous sa main. Son père, qui la gâtait beaucoup, assurait que ce défaut se passerait avec l'âge; mais sa mère, qui l'observait plus attentivement, pensait qu'une sévère leçon serait indispensable pour la corriger.

Or, quelle leçon sévère peut-on donner à une enfant de cinq ans?

— Une circonstance imprévue ou plutôt
son malheureuux défaut lui-même amè-
nera peut-être la leçon dont ma pauvre
petite fille a si grand besoin ! disait parfois
sa mère avec tristesse.

II. — Douceur et violence.

Autant Nini était capricieuse et emportée, autant Berthe était douce et soum se.
Aussi cette dernière cédait-elle toujours
à sa jeune sœur, tout en la reprenant doucement de ses torts; ce que mademoiselle
Nini n'endurait pas avec une patience
exemplaire.

Un jour on fit cadeau à Berthe d'un
charmant petit agneau, blanc comme la
neige, et dont la laine était si douce, si
bien frisée, qu'on l'aurait pris pour un de
ces moutons imités que les marchands de

jouets exposent, à l'approche du jour de l'an, aux regards des enfants émerveillés.

Seulement, Bé-bé avait sur les moutons en carton une grande supériorité, car il était vivant. Il mangeait très-bien de l'herbe tendre dans la main de sa petite maîtresse, et pour en avoir encore il suivait Berthe en bêlant tout doucement et en agitant la jolie clochette qu'on avait suspendue à son cou.

Je laisse à penser si Berthe fut heureuse d'un si charmant cadeau !

Pendant plusieurs jours elle ne songea qu'au petit agneau, qu'en bonne sœur elle s'efforça d'habituer à recevoir aussi les caresses et les soins de Nini.

D'abord tout alla bien. Nini, peu familière encore avec le nouveau venu, le traitait avec un certain respect, et le petit animal mangeait aussi volontiers dans sa main que dans celle de Berthe; il suivait indifféremment l'une ou l'autre des deux sœurs quand il les rencontrait dans le parc.

Nini était enchantée. Mais bientôt ces amusements paisibles ne suffirent plus à la petite capricieuse. Elle voulut, comme elle le faisait d'ordinaire pour tous les animaux qui devenaient ses souffre-douleurs, associer Bé-bé à ses jeux. Berthe, qui savait bien que la pauvre bête serait victime de la violence de sa sœur, essaya d'abord de s'y opposer; mais la douce et patiente petite fille n'était guère capable de résister longtemps aux volontés impérieuses de mademoiselle Nini.

Un jour, Berthe allait prendre sa leçon de piano; Nini, qui, trop jeune encore pour étudier sérieusement, plaçait sa poupée dans un petit chariot pour la conduire dans le parc, dit tout à coup :

— Berthe ! laisse-moi emmener Bé-bé; il traînera la voiture de ma poupée.

— Non, mignonne, c'est impossible,

répondit Berthe. Cela tourmenterait le
pauvre petit. D'ailleurs tu sais bien qu'il
est un peu malade, et le fermier a dit hier
qu'il faut le laisser tranquille pendant plusieurs jours si on ne veut pas le faire
mourir.

— Ça m'est bien égal ! cria l'enfant gâtée, se mutinant déjà en présence de cette
résistance inattendue ; je veux jouer avec
Bé-bé, moi ! Je veux qu'il traîne la voiture
de ma poupée !

— Ne te fâche pas, ma petite Nini chérie,
reprit Berthe ; quand le petit agneau sera
guéri, je te laisserai jouer un peu avec lui,
si tu veux ne pas lui faire de mal ; mais
aujourd'hui il n'est pas même dans le parc,
on l'a mené à la prairie.

— Eh bien ! Jean ira le chercher ! Je
veux Bé-bé, je le veux ! fit encore la petite
volontaire, qui cette fois se mit à pousser
les hauts cris.

— Non, Nini, je t'en prie, supplia Berthe ;

amuse-toi avec ta poupée, ne tourmente
pas mon pauvre Bé-bé. Si tu l'ennuies, il
ne t'aimera plus, il ne voudra plus aller
avec toi, et tu auras encore du chagrin.

— Ça m'est égal ! répétait l'enfant gâtée ; je veux Bé-bé, je veux que Jean aille
le chercher, je veux que le petit mouton
traîne la voiture de ma poupée !

Elle trépignait, son visage était tout
rouge, les veines de son cou se gonflaient
par les efforts qu'elle faisait pour crier, ses
traits étaient contractés d'une manière
effrayante.

Berthe eut peur, et elle céda.

C'était presque toujours ainsi que les
choses se passaient.

Jean reçut l'ordre d'aller chercher le
petit agneau, et celui-ci, habitué à suivre
indifféremment Berthe ou Nini, se laissa
docilement conduire dans le parc par cette
dernière.

L'enfant, toute joyeuse du triomphe

qu'elle venait de remporter, accabla d'abord Bé-bé de caresses; elle cueillit des fleurs et en tréssa une couronne qu'elle lui attacha autour du cou; puis vint enfin le moment fatal de mettre à exécution son grand projet, c'est-à-dire de faire trainer par l'agneau la voiture de la poupée.

Bé-bé, incapable de deviner le dessein de sa petite maîtresse, ne fit aucune difficulté pour laisser attacher autour de ses jambes deux longs cordons qui se réunissaient au bâton servant à tirer la petite voiture. Mais quand il s'agit de marcher, suivi de tout cet attirail, l'animal se permit à son tour d'avoir une volonté, et refusa net d'avancer.

—Attends! attends! lui cria Nini, en le frappant d'un petit bâton qu'elle tenait à la main; tu vas être corrigé.

Bé-bé n'était pas habitué à un pareil traitement: il se révolta tout à fait, voulut s'enfuir, et en se débattant cassa les cordons qui l'attachaient à la voiture

— Méchant! vilain! mauvais Bé-bé! criait Nini furieuse; ah! tu ne veux pas m'obéir! Eh bien! je vais te mettre en pénitence!

Joignant aussitôt l'action à la menace, elle tira son mouchoir de sa poche, le tordit, et s'agenouillant devant l'agneau, elle se mit en devoir de lui nouer bien solidement le mouchoir autour du cou.

Cela fait, elle réunit les deux cordons de la voiture, les passa dans ce collier d'un nouveau genre et attacha l'agneau à un arbre.

— La! fit-elle en contemplant son ouvrage d'un air satisfait; te voilà en pénitence! Tu y resteras jusqu'à demain!

Le pauvre animal se débattait tant qu'il pouvait pour recouvrer sa liberté; mais plus il se démenait, plus il serrait le mouchoir autour de son cou, si bien qu'il était en grand danger d'être étranglé.

Mais Nini s'occupait bien de cela, vraiment ! Sa mauvaise humeur était passée depuis qu'elle avait puni la tentative de rébellion de Bé-bé, et elle jouait paisiblement avec sa poupée.

Cependant Berthe, inquiète du sort de son agneau, se hâta, dès que sa leçon fut terminée, de courir rejoindre sa sœur.

— Où est Bé-bé ? s'écria-t-elle toute haletante.

Pour toute réponse Nini, triomphante, lui montra l'agneau qui, à moitié étranglé, avait presque cessé de se débattre.

— Ah ! le pauvre petit ! s'écria Berthe, qui, malgré les réclamations de Nini, détacha bien vite l'animal et lui prodigua les soins les plus tendres.

— Tu es méchante, Berthe ! fit la petite despote, je ne t'aime plus ! Bé-bé a fait

des sottises, il fallait le laisser en pénitence !

Berthe, toujours bonne et douce, était
fort embarrassée. D'une part, elle ne pouvait se résoudre à laisser l'agneau en danger d'être étranglé ; d'autre part, elle était
sincèrement affligée de contrarier sa petite
sœur. Son bon cœur lui fit trouver le
moyen de tout arranger. Huit jours plus
tôt, on lui avait donné un magnifique ménage de porcelaine, qui avait excité au
plus haut point l'admiration de Nini.

— Ecoute, dit l'aimable petite fille,
laisse-moi soigner Bé-bé, et je te donne
mon beau ménage.

— Vrai ? s'écria Nini émerveillée.

— Vrai !

— Oh ! quel bonheur ! Garde ton vilain
Bé-bé ! Moi je vais jouer avec mon beau
ménage !

Et Nini, chez qui la même impression
ne durait jamais longtemps, rentra bien

vite à la maison, laissant sa sœur tout occupée des soins qu'elle donnait au petit
agneau.

Celui-ci, fort heureusement, n'eut point
à souffrir des suites de l'aventure, mais à
dater de ce jour, il s'opéra chez lui un no-
table changement dans sa manière d'être
à l'égard des deux sœurs.

Vis-à-vis de Berthe, il se montra plus
doux et plus affectueux que jamais, la
suivant partout comme un chien fidèle,
bêlant tristement quand elle s'éloignait,
accourant comme un petit fou à sa rencontre du plus loin qu'il l'apercevait.

Quant à Nini, sa présence paraissait lui
causer la terreur la plus vive; si elle l'appelait, il s'éloignait bien vite et allait se
cacher dans quelque coin, d'où il devenait
impossible de le faire sortir. Berthe elle-
même ne réussissait qu'avec peine à le
retenir près d'elle quand sa sœur y était;
on aurait dit que le gentil animal compre-

nait combien sa douce petite maîtresse était peu capable d'opposer une résistance sérieuse aux caprices déraisonnables de Nini.

— Vois comme ton agneau est vilain ! disait alors cette dernière; il ne veut jamais manger dans ma main, il se sauve dès qu'il me voit, il n'est pas du tout apprivoisé !

Berthe alors souriait doucement et pensait qu'avec elle Bé-bé mangeait fort bien dans la main et se montrait fort apprivoisé.

Mais la crainte de fâcher sa sœur l'empêchait de dire tout haut son avis.

C'est ainsi que Nini, de plus en plus gâtée, grandissait sans se corriger d'un défaut qui menaçait de la rendre plus tard très-malheureuse, ainsi que toutes les personnes qui devraient vivre avec elle.

III. — Le crime de Nini.

La maman de Nini, voyant le caractère de sa petite fille devenir de plus en plus violent, essaya de la garder presque cons-tamment auprès d'elle, pensant que ses caresses, ses doux conseils calmeraient peut-être la nature irascible de l'enfant. Mais, nous l'avons dit, le mal était déjà trop enraciné, et pour y porter remède on ne pouvait espérer que dans quelqu'une de ces circonstances imprévues, comme la Providence en suscite parfois, pour venir en aide aux parents dont les enfants ne peuvent être guéris par les tendres répri-mandes de la famille.

La maman de Nini, laissant ses autres enfants aux soins d'une gouvernante, s'as-

treignait à mener chaque jour elle-même
la petite indomptée à la promenade. Mais
Nini ne craignait pas plus sa mère que sa
gouvernante. Vingt fois peut-être, pendant
chacune de ces promenades, elle se livrait
à des accès de colère que rien ne pouvait
calmer et que le moindre obstacle à ses
caprices suffisait pour faire naître. Le
malheur, c'est que ses caprices n'étaient
pas toujours aisés à satisfaire! Il s'en fallait
de tout! Aussi la pauvre maman se désolait-elle de ne pouvoir rendre la petite
douce et patiente comme sa sœur aînée.

Un matin, la femme de charge vint annoncer que Finette, la bonne chienne dont
nous avons déjà parlé, avait trois jolis petits chiens. Naturellement Nini se montra
fort empressée de faire connaissance avec
eux, et elle n'eut pas de cesse qu'on ne lui
eût promis de la mener les voir le jour
même.

Donc, lorsque l'heure de la promenade

arriva, la petite fille et sa maman se dirigèrent vers un hangar, construit près de la clôture du parc, afin d'y serrer la provision de bois pour l'hiver, et que Finette avait choisi pour y loger sa petite famille.

Nini était d'une humeur charmante; tout le long du chemin elle parla du plaisir qu'elle aurait à voir les petits animaux, que la femme de charge disait très-jolis, et elle parut avoir complètement renoncé à ses caprices habituels.

Après avoir marché dans le parc pendant assez longtemps, on ouvrit une petite barrière placée à côté du hangar en question, qui se trouvait, comme nous l'avons dit, adossé à la haie de clôture, mais dont l'entrée donnait dans une cour de la ferme.

Finette s'était installée tout au fond de ce hangar, dans un endroit où les planches avaient été ôtées pour quelque réparation, et où la haie seule servait de fermeture, de sorte que l'intelligente bête avait ainsi l'avantage d'être abritée contre le vent et la pluie et de jouir pourtant du grand air et de la vue des arbres.

En voyant approcher les visiteuses, Finette leva vers elles ses grands yeux expressifs, et sembla les prier de ne pas faire de mal aux petits chiens qui étaient près d'elle.

— N'aie pas peur, ma bonne bête, lui dit la dame en se baissant pour la caresser, nous ne toucherons pas à ces pauvres petits. Vois, Nini, comme ils sont gentils.

Nini s'approcha et admira surtout un petit chien blanc comme neige, mais dont l'oreille droite était d'un noir magnifique.

Après avoir bien regardé, la petite se mit à dire :

— Je voudrais prendre le petit chien blanc dans mes mains.

— Non, dit la maman, c'est impossible. Finette se fâcherait et le petit chien mourrait si on l'éloignait de sa mère, ne fût-ce qu'un instant.

— Ça m'est égal! je veux avoir le petit chien, moi! cria l'enfant volontaire.

Les choses menaçaient de se gâter; déja Nini donnait des signes évidents d'impatience; aussi sa maman jugea-t-elle à propos de l'éloigner au plus vite.

Elle la prit par la main pour l'emmener; mais Nini résista.

— Je ne veux pas m'en aller! Je veux avoir le petit chien! ne cessait-elle de répéter.

Sa mère l'entraîna malgré sa résistance et la fit entrer dans le parc, dont elle prit soin de refermer la porte.

— Maintenant, lui dit-elle sévèrement, tu peux à ton gré t'amuser ou te mettre en colère, courir dans les allées ou marcher tranquillement près de moi; je m'occuperai de toi lorsque ta mauvaise humeur sera passée.

Et, tirant un livre de sa poche, elle se mit tranquillement à lire en marchant, laissant la petite capricieuse livrée à ses propres inspirations, bonnes ou mauvaises.

Tout ceci s'était passé en moins de temps qu'il n'en faut pour le raconter.

Nini, ainsi abandonnée à elle-même, fut un instant déconcertée. Puis, en voyant sa mère s'éloigner sans la regarder, elle se mit à pousser des cris perçants, comme si on lui eût fait beaucoup de mal.

Mais ce moyen échoua complètement; sa maman ne se retourna même pas.

Une malheureuse pensée, soufflée sans doute par son mauvais ange, vint à l'esprit de l'enfant gâtée.

L'endroit où était Finette se trouvait, on le sait, de l'autre côté de la haie de clôture. Mais cette haie était elle-même séparée par un fossé rempli de grandes herbes de l'allée du parc où étaient alors Nini et sa mère, aussi cette dernière devait-elle croire sa fille parfaitement en sûreté, puisqu'il lui était impossible de sortir du parc.

Cependant, après quelques instants d'un silence plus inquiétant pour elle que les cris dont il avait été précédé, la maman se retourna pour voir ce que devenait l'enfant.

Elle ne l'aperçut plus.

En proie à une anxiété bien compréhensible, elle revint précipitamment sur ses pas. Arrivée en face du hangar, un grondement de colère qu'elle entendit la fit regarder dans cette direction. Elle aperçut alors mademoiselle Nini, qui était descendue dans le fossé, avait franchi le talus, et qui, agenouillée près de la haie, au milieu des herbes qui la cachaient presque entièrement, s'efforçait, en passant son petit bras à travers les buissons, de saisir l'animal, objet de sa convoitise.

Finette, alarmée, non sans cause, de

cette invasion de son domicile, montrait les dents et grondait avec fureur, malgré la douceur habituelle de son caractère. Mais Nini, sans s'inquiéter de cette attitude menaçante, approchait de plus en plus sa main du petit chien, qu'elle allait certainement atteindre, à moins — ce à quoi il était permis de s'attendre d'après les apparences — que Finette n'y mît ordre par un bon coup de dent motivé dans cette occasion par le cas de légitime défense.

La maman, comprenant aussitôt le danger auquel s'exposait l'enfant terrible, franchit à son tour le fossé et la prenant dans ses bras l'emporta, malgré sa résistance et les efforts qu'elle faisait pour s'accrocher aux branches des arbres et même aux buissons qui lui écorchaient les mains.

Nini fit si bien que sa maman, après avoir descendu le talus, dut la poser un instant par terre dans le fossé — heureusement à sec — tout en continuant de la retenir, avant de gravir le second talus qui les séparait de l'allée.

Or, en cherchant encore à se débattre, la petite ramassa, sans réflexion, un assez gros caillou, qu'un malheureux hasard avait placé sous sa main.

Et comme, au moment où sa mère l'enlevait de nouveau, son oreille fut frappée des grondements de Finette, non encore remise de son effroi, la méchante petite fille qui, dans le paroxysme de sa colère, ne se connaissait plus, lança de toutes ses forces le caillou par-dessus la haie.

Un petit cri, suivi d'un long et plaintif hurlement de douleur, suivit cette action indigne.

— Qu'avez-vous fait, mademoiselle? Qu'avez-vous jeté? demanda vivement la maman.

Mais l'enfant criait toujours et ne répondait pas

Sa mère qui, fort émue elle-même, n'avait pu se rendre un compte bien exact de ce qui s'était passé, crut que le hurlement de Finette était causé par la peur et elle se hâta de ramener à la maison mademoiselle Nini, qui finit par se calmer assez pour comprendre les remontrances qu'on lui adressa.

Le soir, tout semblait fini, et les enfants, réunis dans le salon après dîner, se demandaient quel jeu ils allaient choisir, lorsqu'on gratta faiblement à la porte.

— C'est Finette ! c'est ma bonne Finette, qui vient chercher un morceau de sucre ! s'écria Berthe en courant ouvrir.

C'était bien Finette en effet, mais Finette triste, morne, laissant après elle une longue traînée de sang, et tenant dans sa gueule le cadavre d'un tout petit chien blanc, qu'elle vint déposer aux pieds du père de Nini comme pour lui demander justice.

Un cri d'horreur s'échappa de toutes les poitrines.

Nini et sa mère gardèrent seules le silence. La première baissait la tête avec confusion, la seconde regardait sa fille d'un air sévère. Toutes deux avaient compris.

— Pauvre Finette! s'écria le père de famille. Qui donc a eu la cruauté de tuer ton enfant?

— Je vais vous le dire, fit la maman.

Et elle raconta tout ce qui s'était passé le matin.

En l'écoutant, les autres enfants s'éloignaient avec horreur de la méchante petite fille auteur d'une pareille cruauté.

Lorsque le récit fut terminé, tout le monde garda le silence; nul ne trouvait de paroles assez fortes pour exprimer son indignation.

La pauvre Finette, immobile au milieu du cercle, tournait alternativement ses regards vers chacun des assistants, et la patte posée sur le corps de la petite victime, semblait prier ceux qui l'aimaient de lui rendre son enfant.

Nini, incapable de supporter plus long-temps ce spectacle, s'enfuit dans sa chambre pour y cacher ses larmes et sa confusion.

Sa gouvernante la suivit pour l'aider à se coucher, mais ni son père, ni sa mère ne lui donnèrent ce jour-là le baiser du soir.

IV. — Remords salutaires.

La petite coupable dormit mal, ou plutôt ne dormit pas du tout cette nuit-là. Elle croyait toujours entendre les cris plaintifs de Finette; elle croyait toujours voir l'innocente petite bête qui ne lui avait fait aucun mal, et qu'elle avait tuée dans un mouvement de colère irréfléchie.

Car elle avait tué ! elle, Nini ! force 'tait bien d'en convenir, quelque pénible que fût cette pensée ! Elle avait tué une créature à qui le Seigneur avait donné la vie ! une petite bête à l'instinct doux et affectueux qui, un jour peut-être, si elle, Nini, se fût montrée bonne à son égard, l'aurait aimée, serait venue lécher sa main ou témoigner par de joyeux ébats le bonheur qu'elle avait de la voir !

Un secret instinct de justice lui criait au fond de l'âme : Quel droit avais-tu, cruelle enfant, de détruire ce que Dieu avait créé? Es-tu capable de remplacer une seule des œuvres divines, même la plus petite, même la moins parfaite? Comment donc oses-tu réduire à néant ces êtres qui ne t'appartiennent pas, qui sont, comme toi, des créatures de Dieu ?

— Mais, disait tout bas l'instinct de va-

nité qui nous pousse, tous, tant que nous
sommes, petits et grands, à chercher des
excuses, même aux moins excusables de
nos fautes; mais Finette aussi avait été
méchante, elle avait juré contre moi quand
j'avais voulu prendre le petit chien.

— D'accord, reprenait la voix de la
conscience; mais Finette n'était-elle pas
dans son droit en défendant la liberté de
son enfant? Fallait-il, parce qu'elle ne
voulait pas te permettre de le torturer à
ton gré, tuer un pauvre animal sans défense, le tuer en présence de sa mère, inon-
der celle-ci du sang de son enfant?

—Je n'avais pas l'intention de le tuer,
murmurait d'un ton moins assuré la voix
qui plaidait en faveur de la coupable.

—Tu n'en avais pas l'intention; mais.
si ta volonté n'a pas commis le meurtre, ta
volonté a ramassé la pierre qui devait
tuer, ta volonté a dirigé le bras qui a lancé
cette pierre! tu es donc seule coupab'e,

et malgré tes excuses, tu sais fort bien que, sans toi, la pauvre Finette ne ferait pas, à cette heure, entendre des gémissements lugubres qui retentissent dans le silence de la nuit et troublent ton sommeil comme la voix du remords.

Pendant cette nuit d'insomnie, Nini, vraiment à plaindre malgré ses fautes, fit plus de sérieuses réflexions qu'elle n'en avait fait pendant toute sa vie.

On répète quelquefois à tort, en parlant de jeunes enfants :

— Il est trop petit, il ne comprend pas !

Dans l'esprit d'enfants de cinq à six ans, il s'opère parfois, sous l'empire de certaines circonstances qui frappent vivement leur imagination, un travail dont on ne tient pas assez compte, et qui les rend capables de comprendre des choses en apparence bien au-dessus de leur portée.

Nini, en se levant le lendemain du jour où s'étaient passés les mémorables événements que nous avons racontés, avait un air grave bien différent de la mutinerie par laquelle la petite volontaire se faisait habituellemet remarquer.

Après avoir dit ses prières avec une ferveur jusque-là sans exemple, notre héroïne alla trouver sa mère.

—Maman, dit-elle presque à voix basse et les yeux pleins de larmes de repentir, j'ai été bien, bien méchante hier.

— Oui, ma fille, répondit froidement sa mère sans la regarder, vous avez, en effet, été bien méchante; plus encore, vous avez été bien cruelle.

— Je sais, je sais ! Oh ! pardon, ma petite mère chérie, pardon, embrassez-moi ! je ne serai plus méchante, je serai bonne comme ma sœur ! pardonnez-moi, je vous en prie ! s'écria la petite fille, dont les sanglots éclatèrent avec violence.

Il n'y a pas d'exemple qu'une mère ait jamais pu résister aux larmes et aux prières de son enfant. Celle de Nini fit ce qu'aurait fait toute autre mère en pareil cas, elle ouvrit ses bras à la petite coupable, qui s'y précipita en pleurant à chaudes larmes.

Le désespoir de la pauvre Nini était si grand, que son excellente mère se vit forcée de la consoler au lieu de lui adresser les reproches qu'avait mérités sa conduite.

Certainement nulle, parmi nos gentilles lectrices, ne serait capable de commettre une action aussi mauvaise que celle de notre petite héroïne. Mais si quelques-unes d'entre elles, entraînées par l'étourderie de leur âge, ont eu parfois à se reprocher des fautes légères, elles doivent avoir gardé le souvenir de ces douces paroles que savent trouver les mères, partagées entre le désir de produire sur l'esprit de leur enfant une impression salutaire qui le mette pour l'avenir à l'abri de nouvelles fautes, et la crainte de causer au petit être confié à leurs soins par la Providence divine, un chagrin trop grand, susceptible de nuire à sa santé.

Elles reconnaîtront sans doute alors le langage de leurs mères dans celui que tenait la maman de Nini en embrassant sa fille et en séchant ses larmes.

— Ne pleure pas si fort, mignonne, disait-elle, tu vas te rendre malade. Certainement, ce que tu as fait est extrêmement vilain ; mais puisque tu le regrettes, le bon Dieu, qui lit dans le cœur des petits enfants, te pardonnera. Tu ne te mettras plus en colère, n'est-ce pas ? Allons ! ne recommence pas à pleurer ; ta petite tête est brûlante, viens avec moi au jardin, l'air te fera du bien.

Nini, docile et douce comme elle ne l'avait jamais été, ne fit aucune observation quand on lui couvrit la tête d'un petit chapeau qui devait la garantir de l'ardeur

du soleil, et qu'habituellement on ne pouvait la décider à mettre. Puis elle suivit sa
mère dans le jardin, non sans pousser de
gros soupirs en songeant à sa triste aventure. Or, à peine avaient-elles fait dix pas
dans la grande allée, que les autres enfants
sortirent à leur tour de la maison.

Nini se retourna en entendant les voix
de ses frères et de sa sœur, et vit qu'il ne
s'agissait pas d'une de leurs récréations
habituelles.

Antoine portait une bêche qu'il venait
d'emprunter au jardinier; Berthe marchait
à côté de lui, portant dans ses bras un de
ses favoris, un petit chat, à peine âgé de
six semaines, que Minette, la maman
chatte, suivait paisiblement, sans donner
le moindre signe d'inquiétude, comme si
elle eût été persuadée que le petit animal
était parfaitement en sûreté entre les
mains de Berthe. Enfin Gaston tenait le
petit chien dont le trépas avait pris pour

les quatre enfants les proportions d'un véritable événement. Il était suivi de Finette,
qui, abandonnant les vivants pour le mort,
marchait la tête basse en poussant de petits cris plaintifs.

La maman de Nini, comprenant ce dont
il s'agissait, fit signe aux enfants de s'éloigner pour ne pas causer à la petite fille
une émotion trop pénible. Mais celle-ci
avait aussi deviné qu'on allait cacher le
petit chien sous la terre afin de l'ôter de
la vue de Finette, qui refusait absolument
toute nourriture et aurait fini par mourir
à son tour; et Nini déclara qu'elle voulait
se joindre aux autres enfants.

— Cela te fera trop de peine, lui dit sa
mère.

— C'est pour me rendre bonne; laisse-
moi aller, je t'en prie! fit la petite, joignant
les mains d'un air suppliant.

La maman crut devoir consentir, et Antoine se mit en devoir de creuser un trou

dans la terre. Finette observait ce travail avec une attention surprenante; Gaston, qui avait posé son fardeau par terre, ouvrait de grands yeux et ne perdait pas un détail de cette scène, qui, c'était visible, l'impressionnait fortement. Nini pleurait à chaudes larmes, et Berthe, toujours bonne, s'efforçait de la consoler.

— Tiens, lui dit l'excellente enfant en mettant dans les bras de sa sœur le chat qu'elle tenait, vois comme il est mignon.

Mais ceci ne parut pas du goût de madame Minette, qui se mit à gronder en faisant le gros dos lorsqu'elle vit le petit chat entre les mains de Nini.

— Tu vois, dit tristement celle-ci, Minette sait que je suis méchante, elle a peur que je ne tue aussi son petit enfant

— Non! non! caresse-le, il t'aimera bien, répondit vivement Berthe, qui imposa silence à Minette et usa de toute son influence pour la ramener à des sentiments moins hostiles.

Enfin Antoine plaça au fond du trou qu'il avait creusé le corps du petit chien, qui disparut bientôt sous une épaisse couche de terre recouverte de gazon, si bien qu'il aurait été presque impossible de reconnaître au juste la place où on l'avait mis.

Cependant Finette ne s'y trompait pas, car elle grattait la terre à cet endroit avec une rage désespérée.

Tous les efforts d'Antoine et de Berthe pour emmener la pauvre bête furent inutiles. Ce chagrin, dont elle était cause, émut si profondément Nini, qu'elle se remit à pleurer et à sangloter de plus belle.

Alors Finette, la pauvre Finette, vint tout doucement se placer à côté d'elle et lui lécha la main.

— Toi! toi, ma pauvre bonne bête! s'écria Nini, à qui cette caresse inspira peut-être plus de regret de sa faute que n'auraient pu le faire les plus sévères reproches.

Elle rendit le petit chat à sa sœur, et se mit à caresser doucement la tête de Finette, d'abord d'un air craintif, presque suppliant.

Et Finette, comme si elle eût compris, fixait sur elle ses grands yeux intelligents et bons, et semblait lui dire :

— Tu souffres, tu as du chagrin ; console-toi, je ne t'en veux plus.

Depuis ce jour, Nini et Finette furent très-bonnes amies, car la petite fille, pour réparer sa faute, traitait l'animal avec une douceur et une bonté qui le lui attachaient. Bientôt les autres petits favoris de la maison, les oiseaux, les chats, le gros mouton, voyant qu'elle avait cessé de les tourmenter, apprirent à la connaître, à l'aimer, et ne firent plus de différence entre les deux sœurs.

Mais ce qu'il y eut de bien plus important encore pour l'avenir de Nini, et ce qui causa une véritable joie à ses parents, c'est que non-seulement elle cessa de prendre plaisir à tourmenter les animaux, mais elle devint aussi douce, aussi bienveillante, aussi patiente, qu'elle s'était jusque-là montrée volontaire, taquine et emportée.

Inutile de dire que la pauvre bonne Finette, cause première de cette heureuse transformation, occupa toujours une place importante dans les affections de tous les membres de la famille.

HISTOIRE DU PAUVRE DICK

I. — L'enfant gâté, volontaire et capricieux — Spectacle sans pareil I — Pauvre grand' mère.

— Jane, sais-tu où est ton frère? Je ne le vois plus.

— Bonne-maman, répondit Jane Bolton, jolie petite fille de six ans, il était là tout à l'heure, il va sans doute revenir.

Ceci se passait à Londres, dans un jardin public. Mistress Bolton, à soixante ans, était la seule protectrice des trois enfants de son fils, Dick, Jane et Mary, restés orphelins. Jane et sa petite sœur Mary, âgée de quatre ans, faisaient le bonheur de la vieille dame par leur douceur et leur soumission ; mais Dick, l'aîné des trois enfants (il venait d'entrer dans sa neuvième année), lui causait de cruelles inquiétudes par sa turbulence et son caractère indépendant.

A chaque instant il échappait à la surveillance de sa grand'mère. Sans songer aux transes mortelles dans lesquelles la mettaient ses incartades, il allait se promener tout seul, pendant des heures entières, dans les rues de Londres, au risque d'être écrasé par les voitures, dévalisé par les voleurs, ou tout au moins arrêté comme vagabond par les policemen.

Une fois même il lui avait pris fantaisie d'entreprendre un véritable voyage. Au bout de deux jours seulement, on l'avait retrouvé, mourant de faim et de fatigue, sur la grande route.

Mistress Bolton, après cette escapade de son petit-fils, avait dû garder le lit pendant plusieurs semaines, car l'horrible anxiété qu'elle avait éprouvée lui avait fait gagner une grosse fièvre.

Aussi l'on comprendra sans peine pourquoi sa voix tremblait déjà en demandant aux deux petites filles :

— Mais où donc votre frère s'est-il encore caché ?

— Ah ! le voilà ! le voilà là-bas ! s'écria soudain la petite Mary.

— Je le vois près de la porte du jardin, en face du théâtre de marionnettes, ajouta Jane.

— En face du théâtre ? reprit vivement la grand'mère. Ah ! le malheureux enfant ! s'il a dans sa poche assez d'argent pour payer sa place, il est capable d'y entrer tout seul, et comment le retrouverons-nous dans la foule ?

En disant ces mots, la bonne dame se

levait en toute hâte, et prenant les deux petites filles par la main, se dirigeait du côté où l'on avait aperçu Dick.

— Appelez-le, mes enfants, répétait-elle aux petites filles, tâchons de l'empêcher d'entrer au théâtre.

Et Jane et Mary, de leurs petites voix claires, répétaient à qui mieux mieux :

— Dick ! où vas-tu donc ? Dick ! nous voici, viens avec nous !

Si bien que tout le monde se retournait et que l'indiscipliné petit garçon finit par les entendre.

Après s'être d'abord assuré qu'il n'était pas assez riche pour se régaler du spectacle qui lui faisait envie, Dick accourut vers ses sœurs, et sans même écouter les tendres remontrances que lui adressait sa grand'mère, il se mit à leur faire un tableau si magnifique des merveilles que le maître du théâtre de marionnettes promettait d'offrir aux regards des jeunes spectateurs qui voudraient bien l'honorer de leur visite, que Jane et Mary commencèrent à supplier leur aïeule de les mener au spectacle.

Mary la tenait par sa robe, Jane lui disait de douces paroles et l'entraînait vers la porte du théâtre, tandis que Dick tirait Jane de toutes ses forces, et, les cheveux au vent, le bras étendu, faisait signe au montreur de marionnettes de ne pas commencer sans lui.

Vaincue par tant d'instances, la bonne grand'maman céda au désir de ses petits-enfants, qui, au comble de la joie, prirent bientôt place parmi les heureux spectateurs avides de jouir de la représentation qui allait avoir lieu.

Tout se passa le mieux du monde; on fit assister le public enfantin à toutes les aventures et mésaventures d'un prince qu'une méchante fée avait rendu bossu, et qui courait le monde à la recherche d'une autre fée capable de lui rendre la taille aussi droite qu'il l'avait jadis.

Enfin, la représentation s'acheva au milieu des applaudissements et des cris de joie de toute l'assemblée; puis chacun se mit en devoir de quitter la salle pour laisser la place à d'autres spectateurs qui déjà se pressaient en foule à la porte.

Un si grand nombre de personnes, les unes entrant, les autres sortant au même moment, occasionnait, on le comprendra, un tumulte et une confusion indescriptibles. On se poussait, on se bousculait, on marchait sans le vouloir sur les pieds les uns des autres. A chaque instant, c'étaient de nouveaux cris d'appel : Maman, où es-tu ? — J'ai perdu papa ! — N'aie pas peur, mon petit William, me voici ! -- Je suis là, Jenny, viens par ici ! et mille autres exclamations analogues.

Dick et Mary, qui marchaient devant leur grand'mère en se donnant la main, s'étaient trouvés brusquement séparés d'elle, et mistress Bolton, inquiète d'abord, poussa un soupir de soulagement lorsque, en arrivant à la porte extérieure du théâtre, elle aperçut la petite Mary qui l'y avait précédée.

— Ton frère est avec toi, n'est-ce pas? demanda-t-elle.

— Non, bonne-maman, répondit l'enfant; je ne sais pas où il est.

— Comment ! s'écria mistress Bolton en pâlissant; mais vous étiez ensemble ! Pourquoi l'as-tu quitté?

— Je ne l'ai pas quitté, bonne-maman ! Beaucoup de messieurs et de dames ont passé entre nous deux, alors Dick m'a lâché la main, et puis je me suis trouvée ci, je ne sais pas comment, et je vous ai attendue.

— Peut-être va-t-il arriver aussi, hasarda Jane.

La pauvre aïeule, saisissant avec joie

6

cette lueur d'espoir, attendit jusqu'à ce que tous les spectateurs fussent sortis, regardant tous les petits garçons qui passaient, interrogeant quelques personnes pour savoir si elles n'avaient pas aperçu son petit-fils. Mais elle ne put obtenir aucune nouvelle. La seconde représentation s'acheva et le jardin devint peu à peu désert sans que l'enfant eût paru.

— Il ne s'est pas égaré ! répétait la vieille dame en se tordant les mains avec désespoir. A l'endroit où nous l'avons attendu, il devait nécessairement nous voir ; s'il est parti, c'est volontairement, il aura encore voulu entreprendre quelque voyage et peut-être ne le reverrons-nous jamais.

Les deux petites filles joignaient leurs pleurs et leurs gémissements à ceux de leur aïeule. Les gardiens du jardin, touchés de la douleur de la pauvre dame, s'efforcèrent de la consoler, de la rassurer de leur mieux. Ils l'engagèrent à s'a

dresser à la police, qui certainement, le
lendemain au plus tard, saurait bien lui
rendre son petit-fils.

Mistress Bolton suivit ce conseil et rentra chez elle, espérant presque y retrouver
Dick, mais nul n'avait vu l'ingrat enfant,
et la pauvre grand'mère ne put fermer
l'œil de toute la nuit, en songeant aux dangers où il était exposé par sa propre faute.

Le lendemain, à chaque coup de son-
nette, la grand'mère et les deux petites
filles s'écriaient en même temps :

— C'est lui !

Mais ce n'était pas Dick; c'étaient les
hommes de la police, chargés de faire des
démarches pour le retrouver, et qui venaient annoncer que leurs recherches
avaient été vaines.

Plusieurs jours s'écoulèrent ainsi sans
qu'aucune lueur d'espoir vînt rendre un
peu de calme à la pauvre mère, qui s'ac-
cusait elle-même du malheur qui était

arrivé, et qui répétait sans cesse qu'elle aurait dû ne pas quitter la main du petit garçon. Dans sa touchante bonté, elle ne trouvait pas un mot de blâme pour l'enfant qui n'avait pas craint de lui faire tant de mal.

Mistress Bolton fit publier dans tous les journaux le signalement de son petit-fils, promettant une somme énorme à la personne qui lui en donnerait quelque nouvelle.

Mais toutes ces tentatives demeurèrent sans résultat, et les amis de mistress Bolton, persuadés que le malheureux enfant n'était plus de ce monde, s'efforcèrent d'habituer l'esprit de sa grand'mère à cette accablante idée.

C'est ainsi que les mois, puis les années s'écoulèrent sans que Dick reparût.

Jane et Mary, avec l'insouciance des enfants très-jeunes, commencèrent à perdre un peu le souvenir de leur frère.

Mais sa grand'mère ne l'oubliait pas!
Elle l'attendait toujours, et le temps ne
pouvait affaiblir l'espoir qu'elle conservait
au fond du cœur de revoir encore son
petit-fils.

II. — Ce qu'était devenu Dick. — Le bon joueur d'orgue. — Les petites filles à la pension.

Mistress Bolton ne se trompait pas en
disant que c'était volontairement que
Dick l'avait quittée. Le petit garçon, en-
thousiasmé par la représentation à laquelle
il venait d'assister, avait senti se réveiller
en lui la soif d'aventures qui, une fois
déjà, l'avait poussé à quitter ses petites
sœurs si mignonnes et sa bonne grand'-
mère.

Un malheureux hasard l'avait séparé
de Mary. En jetant les yeux autour de lui

il n'avait aperçu aucun visage connu; et, se sentant libre de toute surveillance, encore ébloui par les aventures merveilleuses représentées dans la féerie qu'il venait de voir, il s'était hâté de sortir du théâtre, se faufilant entre les grandes personnes; puis une fois dehors il s'était mis à courir de toutes ses forces, sans que les passants, pressés de terminer leurs affaires avant la nuit qui commencait à tomber, l'eussent remarqué.

Soudain, au milieu de sa course, un gros chien se mit à le poursuivre en aboyant.

Effrayé, l'enfant voulut redoubler de vitesse, mais déjà fatigué, il avait à peine la force de lever les pieds. Il butta contre une pierre et tomba en poussant un cri.

Dans sa chute, sa tête avait porté contre une borne, et il s'était fait, près de la tempe, une blessure assez profonde, d'où le sang coulait en abondance.

— Tout beau. Black! tout beau! cria une voix d'homme au chien, qui avait déjà posé une de ses grosses pattes sur le corps de Dick.

Et le propriétaire du chien, doublant le pas, s'approcha rapidement de l'endroit où il entendait les grognements sourds de l'animal.

C'était un de ces joueurs d'orgue qui parcourent avec leur instrument les rues des grandes villes, recueillant sur leur passage assez de menue monnaie pour payer le pain de chaque jour.

Il revenait de faire sa tournée habituelle, et rentrait au logis, suivi de son chien, le fidèle Black, qui l'avait aidé consciencieusement en tenant à la gueule la petite sébile dans laquelle les passants déposaient leurs offrandes, lorsque les aboiements du chien attirèrent son attention.

— Qu'est ceci? fit-il avec étonnemen.

en se baissant pour reconnaître ce qu'était
la masse ainsi étendue à ses pieds

Le chien, obéissant à l'ordre de son
maître, s'éloigna, mais sans cesser de
suivre des yeux tous ses mouvements.

—Mais, bonté divine! je ne me trompe
pas, s'écria l'homme; c'est le corps d'un
enfant, évanoui, mort peut-être!

Et cherchant en toute hâte dans ses
poches, il en tira quelques allumettes à la
lueur desquelles il put voir la blessure que
Dick s'était faite en tombant.

— Oh! reprit le brave homme après un
instant d'hésitation, il ne sera pas dit que
William Morrisson aura laissé sans secours une créature humaine en si piteux
état!

Et, quoique l'orgue attaché sur ses
épaules fût déjà un fardeau pesant, William enleva l'enfant dans ses bras robus-
tes et l'emporta dans son modeste loge-

ment, qui, heureusement, était à peu de
distance.

— Vite, Betsy ! vite, prépare le lit pour
ce pauvre enfant! cria-t-il à sa ménagère
dès qu'il eut franchi le seuil de la porte.
De la lumière, de l'eau chaude! dépê-
che-toi !

Betsy, qui n'était pas moins bonne
femme que son mari n'était brave homme,
aida celui-ci à mettre le pauvre garçon au
lit; elle lava soigneusement sa blessure,
enlevant avec de l'eau tiède le sang qui
avait coulé sur son visage et qui avait
collé ses cheveux les uns aux autres.

A l'aide des remèdes dits de bonne
femme dont elle connaissait un nombre
considérable, la ménagère de William eut
bientôt rappelé à lui petit garçon, qui,
épuisé par la fatigue et les émotions de
cette journée presque autant que par le
sang qu'il avait perdu, finit par s'endormir
d'un sommeil fiévreux. Le lendemain,

la fièvre avait cessé, la blessure, peu grave du reste, était en voie de guérison; mais la faiblesse de l'enfant était si grande, qu'il lui était impossible de se lever et même de parler.

William, qui devait ce jour-là partir pour faire une tournée dans différentes villes du royaume, ainsi que cela lui arrivait fréquemment, était fort embarrassé. Il avait, en amenant Dick chez lui, obéi au premier mouvement de son excellent cœur; mais il n'avait pas réfléchi aux conséquences possibles de sa bonne action; et maintenant il ne pouvait se résoudre à laisser de nouveau le pauvre petit, malade et sans secours, exposé à tous les dangers que son âge et sa faiblesse devaient lui faire courir.

— Écoute, dit-il à sa femme, je ne puis me dispenser de partir, tu le sais, j'ai besoin de quelques bonnes recettes pour rétablir un peu nos affaires, qui ont été bien mal dans ces derniers temps. Mais tu resteras ici pendant deux ou trois jours encore avec cet enfant. Puis, quand il sera complètement guéri, tu lui demanderas le nom et l'adresse de ses parents; il est assez grand pour pouvoir le dire, et après l'avoir ramené chez lui tu viendras me rejoindre.

Croyant avoir ainsi tout arrangé pour le mieux, le joueur d'orgue partit plus tranquille. Mais il arriva une chose que William n'avait pu prévoir.

Lorsque Dick fut complètement rétabli, il refusa obstinément de dire qui il était et où il demeurait.

Toutes les instances furent vaines; or eut beau insister auprès de lui, on ne put obtenir d'autre réponse que celle-ci:

—Je m'appelle Dick, mais je ne veux pas dire où je demeure, car je ne veux pas retourner à la maison. Je veux voyager, laissez-moi m'en aller, ne vous occupez pas de moi !

Betsy ne savait à quoi se résoudre; elle craignait d'être blâmée par son mari si elle cédait au désir de l'enfant en le laissant ainsi partir à l'aventure.

Enfin, un jour, impatientée de voir que Dick répétait obstinément :

— Je veux voyager ! Laissez-moi partir !

Elle lui répondit :

— Eh bien ! puisque tu veux voyager, viens avec moi ; tu voyageras.

Et qui fut bien étonné ? Ce fut William, en voyant arriver Dick avec sa femme.

Mais, nous l'avons dit, c'était un brave homme, disposé à voir toujours les choses du bon côté; il eut bientôt pris son parti, et dit philosophiquement :

— Tu as bien fait de l'amener; il était impossible d'abandonner ce pauvre petit. Puisque nous n'avons pas d'enfant, il sera le nôtre; et, avec l'aide de Dieu, nous ferons en sorte qu'il ne meure pas de faim.

Alors, commença pour Dick une nouvelle existence, dont jusque-là il n'avait eu aucune idée. Il erra de ville en ville avec le joueur d'orgue et sa femme, couchant sur la dure, faisant des marches longues et fatigantes par les temps les plus rigoureux et n'ayant pas toujours de quoi satisfaire à son appétit. Black était devenu son ami. L'enfant et le chien ne se quittaient guère, et souvent il arrivait que Dick se privait de la moitié de son repas, quoiqu'il eût encore grand'faim, pour le partager avec son camarade à quatre pattes.

William Morrisson fut plusieurs années avant de revenir à Londres, et la présence de son petit protégé auprès de lui ne fut peut-être pas tout à fait étrangère à cette détermination; voici comment :

Ne croyant pas avoir à faire mystère de sa bonne action, William l'avait racontée à quelques personnes, en leur faisant part

7

aussi de l'étrange entêtement de l'enfant, qui avait absolument refusé de dire le nom et l'adresse de ses parents. Or, à cette communication, plusieurs de ses amis avaient pris un air grave, et lui avaient déclaré, en hochant la tête, qu'il avait commis une imprudence. Si les parents de cet enfant, disaient-ils, venaient à le retrouver, ils seraient en droit de citer le joueur d'orgue devant les tribunaux comme s'il l'avait volé.

Grâce à ces réflexions peu rassurantes, William, dont le rêve avait été d'abord de rendre Dick à ses parents, en était venu à redouter que le petit garçon ne fût rencontré et reconnu par quelqu'un de sa famille, et il s'était abstenu de le ramener à Londres.

Aussi, ne doit-on pas s'étonner que Dick eût fini par oublier jusqu'au nom de la rue qu'il habitait autrefois. Il se souvenait cependant toujours de sa bonne grand'-

mère et de ses jolies petites sœurs, et
même à mesure que les années le rendaient
plus raisonnable, il comprenait mieux la
faute dont il s'était rendu coupable envers
ses bonnes parentes.

Mais déjà leur souvenir même ne se présentait plus à son esprit que comme une
vision affaiblie par le temps; il avait perdu
tout espoir de se retrouver jamais auprès
d'elles; et c'était avec une tristesse mêlée
de remords qu'il songeait au bonheur qui
aurait pu être son partage et dont il était
privé par sa propre faute.

Dick avait déjà onze ans lorsque son
protecteur, son père adoptif, car William
et sa femme traitaient le petit-fils de mistress Bolton comme s'il eût été leur enfant,
l'emmena à Boulogne, espérant gagner sa
vie plus facilement en France qu'en An-
gleterre.

Là, ils commencèrent, suivant leur habitude, à parcourir les rues; Dick recueil-

lant les offrandes des passants, tandis que
William jouait de l'orgue. Quant à Betsy,
elle trouvait de temps en temps à faire la
besogne de femme de journée pour aider
les domestiques, et elle augmentait ainsi
un peu les ressources de la famille.

Tout sembla donc d'abord s'arranger
assez bien; mais le malheur voulut que
William, ayant attrapé un refroidisse-
ment, tombât dangereusement malade.
Sa femme dut, naturellement, rester auprès de lui pour le soigner, et Dick était
encore trop jeune et trop faible pour remplacer son père adoptif en allant jouer de
l'orgue dans les rues.

La misère était donc bien grande, et le
pauvre enfant passa plus d'un jour sans
manger jusqu'au moment où William,
pâle et faible encore, à peine remis de sa
maladie, sortit, accompagné de sa femme
et du petit garçon, pour reprendre ses
courses habituelles.

De temps en temps Betsy portait l'orgue à son tour, pour permettre à son mari de se reposer un peu.

Ils arrivèrent ainsi devant un pensionnat de demoiselles, destiné surtout aux jeunes filles qui venaient avec leurs parents passer à Boulogne la saison des bains de mer, et à qui on ne voulait pas laisser négliger complètement leurs études.

Lorsque les sons de l'orgue eurent commencé à se faire entendre, plusieurs enfants parurent sur le seuil de la porte et se mirent à danser gaiement. Dick fatigué s'était assis sur une marche de pierre à côté de William, lorsque soudain il releva vivement la tête en entendant une fraîche voix d'enfant s'écrier :

— Jane, ne veux-tu pas me faire danser maintenant ?

A peine eut-il envisagé les deux petites filles qui dansaient ensemble, que le pauvre garçon pâlit. Il voulut se lever et aller vers elles, mais ses forces le trahirent, et avant d'avoir pu prononcer un seul mot il tomba sans connaissance.

William et Betsy, effrayés, se hâtèrent de l'emmener, et lui prodiguèrent les soins les plus tendres, espérant que, lorsqu'il reprendrait ses sens, il leur dirait la cause de son évanouissement.

Mais quand il reprit ses sens, Dick avait la fièvre, le délire; de ses lèvres s'échappaient des phrases incohérentes dans lesquelles les noms de Jane et de Mary revenaient sans cesse.

Plus de quinze jours s'écoulèrent avant qu'il pût apprendre à William que les deux petites filles qu'il avait vues à la pension n'étaient autres que ses sœurs.

Quoique l'honnête joueur d'orgue ne fût pas très-désireux de retrouver la famille de Dick, et quoiqu'il n'ajoutât pas grande foi à ce qu'il croyait n'être qu'une illusion de l'enfant, il crut de son devoir d'aller aux informations. Mais les renseignements qu'il recueillit ne signifiaient pas grand'-chose. La maîtresse de pension lui dit que Jane et Mary Bolton, venues passer un mois à Boulogne avec une certaine dame Smith, étaient parties depuis plus de huit jours pour voyager en France, et que personne à Boulogne ne savait même quelle ville habitait la famille de ces enfants.

Quand Willam fit part de cette réponse au pauvre Dick, l'enfant, qui s'était un instant bercé de l'espoir de retrouver ses chères petites sœurs, courba tristement la tête, tandis que deux grosses larmes coulaient lentement sur ses joues amaigries. Puis la vie recommença pour lui telle qu'elle avait été avant cette rencontre; triste et pénible, tourmentée par les remords que lui causait le passé, et complètement dépourvue de tout espoir d'avenir qui pût la lui rendre moins insupportable

III. — La famille Bolton. — Le petit chanteur des rues. — Misère du pauvre Dick.

C'étaient bien, en effet, ses sœurs que Dick avait vues à Boulogne. Les médecins ayant ordonné à mistress Smith, la meilleure amie de mistress Bolton, un voyage sur le continent, cette dernière avait consenti à lui confier les deux enfants pour qu'elle fût moins isolée, et en même temps pour procurer aux petites filles une agréable distraction.

Renonçant désormais à tout espoir de revoir jamais sa famille et de solliciter le pardon de la bonne aïeule envers laquelle il avait montré tant d'ingratitude, Dick, rendu par le malheur plus sérieux qu'on ne l'est d'ordinaire à douze ans, résolut d'accepter avec résignation le triste sort qu'il avait choisi lui-même, et, puisque la famille qu'il avait si indignement abandonnée ne pouvait lui être rendue, d'expier en quelque sorte sa faute par son dévouement et sa tendresse pour l'humble famille qui l'avait adopté.

Cependant, Jane et Mary, après plusieurs mois d'absence, étaient enfin revenues auprès de leur digne grand'mère, à qui le temps du voyage avait paru bien long, qui les avait trouvées grandies, embellies, et les avait comblées de caresses.

Mais au milieu même de la joie que lui causait le retour des chères petites, une pensée triste jetait son ombre : le souvenir de l'absent, du pauvre enfant perdu, que mistress Bolton ne voulait pas croire mort, qu'elle espérait toujours revoir, lui aussi, et presser dans ses bras comme elle y pressait en ce moment ses sœurs.

L'espoir est une si douce chose, il apporte tant de consolation aux douleurs les plus vives, que la bonne mistress Bolton ne pouvait se décider à cesser d'espérer.

— Non ! répétait-elle souvent, tant que je n'aurai pas les preuves de la mort de mon cher petit-fils, je penserai qu'il me sera permis de le voir encore et de le bénir avant que Dieu me rappelle à lui.

Mais le temps s'écoulait, et l'espoir de la vénérable aïeule ne paraissait pas devoir se réaliser.

Jane avait douze ans, Mary en avait dix, et toutes deux s'occupaient sérieusement de leurs études. Mistress Bolton, quoique l'âge et le chagrin eussent épuisé ses forces, surveillait elle-même leur éducation, et confiait rarement à une femme de chambre le soin de les conduire au cours ou à la promenade.

Un jour, par une froide et brumeuse après-midi de janvier, la vieille dame et les deux jeunes filles, chaudement enveloppées de manteaux et de fourrures, parcouraient les rues de Londres dans une voiture bien fermée rendant visite à quelques personnes de leur connaissance.

Mary, la plus jeune des deux sœurs, s'amusait à ôter la buée qui couvrait les vitres de la voiture et l'empêchait de voir dans la rue, tandis que l'aînée la plaisantait sur sa curiosité, et que mistress Bolton souriait au joyeux babil des deux enfants.

Tout à coup Jane, à son tour, parut s'intéresser à ce qui se passait dans la rue, et si bien qu'elle pria sa grand'mère de lui permettre de baisser la portière pour mieux voir.

Ce qui attirait ainsi l'attention de la jeune fille était un rassemblement nombreux, formé autour d'un garçon qui paraissait âgé de quatorze à quinze ans et chantait, d'une voix tremblante, pour obtenir des assistants quelque menue monnaie.

Non-seulement mistress Bolton se rendit au désir de sa petite-fille, mais encore elle donna l'ordre au cocher de s'arrêter en face du petit chanteur, que toutes trois purent ainsi considérer à loisir.

Maigre, pâle, chétif, quoique assez grand, le pauvre enfant faisait peine à voir. A peine couvert par des vêtements d'été en mauvais état, il grelottait de froid, et sa voix, qui était fraîche et bien timbrée, faiblissait parfois tellement qu'on ne l'entendait presque plus.

Les deux petites filles étaient profondément touchées à la vue de tant de misère, mais leur aïeule semblait ne pouvoir détacher ses yeux du jeune chanteur. Pâle d'émotion, elle étudiait ses traits, elle semblait chercher dans ses accents une ressemblance avec des accents chéris autrefois, avec une voix enfantine jadis bien familière à son oreille.

— Serait-il possible ? murmurait-elle de temps en temps ; Dieu m'aurait-il enfin

exaucée? Mais non, je me trompe: je suis
la dupe d'une ressemblance...

— Que dites-vous, grand'maman? fit
Jane tout étonnée de l'émotion de sa
grand'mère.

Mais celle-ci lui imposa silence du geste,
absorbée qu'elle était par l'attention qu'elle
prêtait au petit mendiant.

Lorsque celui-ci eut fini sa chanson, il
implora en quelques mots bien tristes la
charité des assistants. C'était pour sa
mère mourante qu'il demandait, disait-il;
son père était mort en France six mois
auparavant; sa mère était bien malade, et
lui-même n'avait rien mangé depuis deux
jours.

— Son père, sa mère, fit mistress Bolton, comme se parlant à elle-même; ce
n'est pas lui; je m'étais trompée !

Et se penchant vers la glace du devant
de la voiture, elle allait donner au cocher
l'ordre de se remettre en marche, lors-

qu'elle en fut empêchée par une exclama-
tion qui s'échappa en même temps des
lèvres des deux petites filles :

— Eh quoi ! bonne-maman, ne donnez-
vous rien à ce malheureux ? s'écria Mary,
dont les yeux s'emplirent de larmes.
Jane ne dit rien, mais le regard suppliant
qu'elle fixait sur sa grand'mère témoignait
assez qu'elle partageait le désir de sa
sœur.

— Vous avez raison, mes enfants, dit
mistress Bolton ; je ne sais vraiment à
quoi je pensais.

Et avançant elle-même la tête à la portière, elle fit signe au mendiant d'approcher.

Il vint, doucement, le pauvre enfant,
car il était si faible que ses jambes pouvaient à peine le porter.

— Votre mère est donc bien malade ?
lui demanda la dame avec bonté.

— Oh ! oui, Madame, répondit tristetement l'enfant ; la voisine qui la soigne a dit qu'elle ne passerait peut-être pas la journée, et pourtant je suis sorti pour chanter dans la rue, quoique je n'aie guère le cœur à chanter. Mais il fait si froid chez nous, que j'aurais voulu gagner un peu d'argent pour faire du feu et réchauffer ma pauvre mère.

Mistress Bolton, en voyant de plus près le jeune garçon, en l'écoutant parler, semblait en proie à la même émotion qu'elle avait éprouvée quelques instants auparavant.

— Quel est votre nom, celui de vos parents ? demanda-t-elle vivement ; que faisait votre père ?

— William Morrisson était joueur d'orgue, répondit l'enfant ; mais il n'était pas mon père. Lui et sa femme, la bonne Betsy, m'avaient adopté, car j'étais bien méchant étant petit, j'avais quitté ma bonne-maman et mes chères petites sœurs,

aussi le bon Dieu m'a puni comme je le
méritais...

— Bonne-maman ! qu'avez-vous ? s'é-
cria Jane effrayée, en voyant sa grand'-
mère pâle et prête à perdre connaissance.

— Ce n'est rien ! murmura mistress
Bolton d'une voix faible, en s'efforçant de
dominer son émotion. Ne craignez rien,
on ne meurt pas de joie. Dick, mon cher
Dick, tu m'es donc enfin rendu !

Et l'heureuse grand'mère serrait dans
ses bras son petit-fils; et Dick, non
moins ému qu'elle, et retrouvant en foule
tous ses souvenirs d'enfance, lui rendait
ses caresses et pleurait à chaudes larmes;
et les deux petites filles, toutes joyeuses,
attendaient impatiemment le moment
d'embrasser à leur tour ce frère dont elles
avaient tant de fois entendu parler.

— Viens vite, mon enfant, viens chez
moi, que je te fasse servir un bon repas et
donner des vêtements convenables ! dit

mistress Bolton, lorsque l'émotion du premier moment fut calmée.

— Et Betsy? demanda l'enfant prodigue retrouvé, n'irons-nous pas la chercher?

— Oh! oui, oui! Comment pouvais-je l'oublier? Allons la chercher et la sauver, s'il en est temps encore.

Et la bonne dame, à moitié folle de joie, donnait vingt ordres à la fois au cocher, qui ne savait plus que faire et qui restait immobile. Enfin, elle parvint à lui donner l'adresse de Betsy.

En quelques minutes on arriva auprès de la pauvre femme, qui semblait en effet près de rendre le dernier soupir, mais que le médecin, appelé par les soins de mistress Bolton, déclara pouvoir être rendue à la santé par de bons traitements et une nourriture convenable.

Les privations qu'elle avait dû supporter, jointes à la douleur que lui avait causée la perte de son mari, qui ne s'était

jamais complètement rétabli de la maladie
qu'il avait faite deux ans auparavant,
avaient conduit la malheureuse femme
aux portes du tombeau. Les soins, les
égards et l'affection qu'elle trouva chez
mistress Bolton lui rendirent les forces et
le courage, et bientôt elle fut en état de
remplir, dans la maison de cette dame,
les fonctions de femme de charge, qui lui
assurèrent une existence douce et paisible.

L'éducation de Dick avait, on le comprendra sans peine, été fort négligée; ou
plutôt il ne savait absolument rien. Sa
grand'mère, pour lui éviter les humilia-
tions qu'il aurait éprouvées si on l'eût mis
dans une pension où il aurait été moins
avancé que des enfants beaucoup plus
jeunes que lui, fit venir des professeurs à
la maison, et le jeune garçon, qui était
maintenant raisonnable comme un homme,
profita si bien de leurs leçons, que l'année

suivante il fut en état de suivre les cours qui convenaient à son âge, et que, un an plus tard encore, il y obtint des succès qui firent pleurer de joie sa bonne grand'-mère.

Et comme elle l'embrassait, en lui disant combien sa bonne conduite et son amour du travail la rendaient heureuse.

— Bonne-maman, disait-il, ne me donnez pas tant de louanges; je ne les mérite pas, car j'aurai beau faire tous mes efforts pour vous contenter, je n'effacerai jamais les souffrances que je vous ai causées pendant tant d'années.

Et mistress Bolton, toujours bonne et indulgente, s'empressait de répondre, pour calmer les remords de son petit-fils :

— Mon cher enfant, tu as été coupable, c'est vrai; mais tu as souffert, tu t'es repenti, et Dieu t'a pardonné! La preuve, c'est qu'il t'a ramené auprès de moi, et qu'il m'a permis de vivre assez longtemps pour te voir corrigé des défauts qui m'inquiétaient dans ton enfance, et en voie de devenir un homme honnête et courageux, car tu as été formé à la plus dure, mais aussi à la meilleure des écoles : à l'école de l'adversité.

FIN DES FANTAISIES DE PETIT PAUL.

LA CHAUMIÈRE DE LA VEUVE

(PAR BOUILLY.)

Sur les rives charmantes du Cher est le
village de Saint-Avertin, renommé par la
fertilé du vignoble, la beauté des sites et
le nombre considérable d'habitations déli-
cieuses qu'il réunit. La plus belle est le
château de Cangé, bâti au sommet du coteau méridional de la rivière qui baigne
ses bas jardins et ses vastes prairies. On
ne saurait trouver dans la Touraine un
point de vue à la fois plus riche et plus
varié que celui dont on jouit dans cet ad-
mirable séjour. On dirait que la nature
voulut y rassembler tout ce qui peut don-

ner une idée de sa magnificence. A droite, on découvre la ville d'Amboise, et, sur la ligne horizontale, le château de Blois; à gauche, la ville de Tours, plus bas, celles de Luynes, de Langeais, et, huit lieues plus loin, les tourelles de la forteresse de Saumur. En face s'élèvent les riches coteaux de la Loire, qui coule à une demi-lieue des rives du Cher, arrosant ensemble une immense vallée de près de trente lieues de long, de la plus belle agriculture, et couverte de quatre-vingts villages qu'on distingue aisément à l'aide d'un télescope. Aussi l'abbé Barthélemy, que j'y conduisis un jour, s'écria-t-il à cet aspect ravissant : « Ah ! c'est une seconde création ! »

Ce château appartient aujourd'hui à l'un des plus riches fabricants de soiries de la ville de Tours, allié de ma famille; et l'accueil qu'il fait aux étrangers qui vont visiter cette belle demeure ajoute encore à tout ce que la nature y réunit. Je ne vais

jamais revoir le pays qui me vit naître
sans attacher mes regards sur ce château
de Cangé, où je fus souvent accueilli dans
ma jeunesse par l'honorable famille de Sé-
velinges, dont le pays conserve encore le
souvenir.

Lors du dernier voyage qui m'y conduisit, j'eus le bonheur d'embrasser le vieux
pasteur du lieu, nommé Nivet, jadis mon
professeur de troisième au collége de Tours,
et je recueillis de sa bouche une anecdote
qui doit, si je ne me trompe, intéresser
vivement mes petites amies.

Au bas du coteau de Saint-Michel, atte-
nant au village de Saint-Avertin, est une
humble chaumière occupée par une veuve
infirme dont le mari et les deux fils sont
morts dans la funeste campagne de Moscou.
Seule, sans parents, sans appui, cette pauvre femme, qu'on appelait la mère Durand, existait du travail de ses mains : elle
employait tout son temps à dévider de la

soie pour les fabricants de la ville de Tours,
ce qui, en s'occupant depuis cinq heures
du matin jusqu'à huit heures du soir, peut
produire à l'ouvrière environ dix à douze
sous par jour. Naturellement gaie et rési-
gnée aux coups du sort, la mère Durand
trouvait le moyen de cultiver elle-même
son jardin; et du produit de ses veilles elle
faisait bêcher et entretenir un petit clos de
vignes qu'elle possédait au sommet du
coteau de Saint-Michel, et qui produit le
meilleur vin du canton.

Mais bientôt l'excès de travail et l'isole-
ment pénible où se trouvait cette malheureuse veuve diminuèrent ses forces, alté-
rèrent sa santé. Paralysée du bras gauche,
elle ne fut plus en état de pourvoir à son
existence; et les principaux habitants du
village s'occupèrent à la placer dans un
hospice. Mais c'eût été lui donner la mort :
l'idée seule de quitter sa chaumière, où elle
était née, où elle avait eu le bonheur

d'être épouse et mère, où, depuis soixante ans, elle jouissait d'une douce indépendance, cette idée la désespérait; et sans cesse elle répétait à ses voisins que le jour où elle serait forcée de quitter son humble demeure serait le dernier de son existence.

Le château de Cangé était, à cette époque, habité par une famille opulente, qui, après avoir couru les chances les plus favorables du commerce, dans les quatre parties du monde, était venue s'établir et se délasser de ses longs travaux dans le beau jardin de la France, si digne de sa célébrité. Un des chefs de cette famille honorable était capitaine de vaisseau et l'heureux père de deux jeunes filles, nommées Céline et Louisa : l'aînée avait douze ans, et la cadette ne comptait qu'un printemps de moins que sa sœur. Le hasard les conduisit à la chaumière de la veuve, qui leur raconta ses malheurs, et la nécessité cruelle où elle se trouvait d'aller mourir dans un hospice.

« Eh quoi ! dit Céline, la veuve et la mère de trois militaires morts au champ d'honneur serait forcée de quitter son paisible foyer ! Nous ne le souffrirons pas. — Non, non, dit à son tour Louisa ; nous conserverons à cette respectable infirme sa chaumière et ses chères habitudes. Promettons-nous de diriger nos promenades du matin de ce côté, et l'excellente bonne qui nous a élevées nous secondera dans le projet que je conçois. Prenez courage, mère Durand, nous ne vous abandonnerons pas ; et, dès demain, nous commencerons notre service auprès de vous. — Vot' service, mes bonnes demoiselles ! ah ! c'est moi qui s'rais heureuse d'être au vôtre, si j'avais assez d' forces pour ça ; mais faut ben se soumettre aux volontés du ciel, et respecter jusqu'aux rigueurs dont il nous accable : faut toujours croire,

comme nous l' dit not' bon pasteur, qu' les
maux dont il nous frappe sont une expia-
tion d' nos fautes, et l'assurance d'un meilleur sort dans l'autre monde. »

Les deux jeunes sœurs furent touchées
de la pieuse résignation de la veuve ; et,
après l'avoir aidée aux soins de son petit
ménage, elles s'éloignèrent en regardant à
plusieurs reprises la vénérable infirme,
qui suivit de ses yeux reconnaissants les
deux anges que le ciel avait envoyés à son
secours, jusqu'à ce qu'elle les eût tout à
fait perdus de vue.

Le lendemain matin, pendant que leur
famille reposait encore au château, Céline
et Louisa, escortées de leur fidèle gouvernante, se rendirent à la chaumière de la
veuve, qu'elles trouvèrent levée et faisant
sa prière à Dieu, comme si elle eût été com-
blée de ses bénédictions. Pendant que la
gouvernante fait le lit de la mère Durand,
les deux jeunes demoiselles s'empressent

d'aider cette dernière à se vêtir, et lui pré-
parent un déjeuner frugal, mais stomachi-
que, avec du vin vieux, du sucre et un petit
pain qu'elles avaient apporté. On eût dit
la respectable aïeule des deux charmantes
créatures dont elle était entourée. L'une
frotte avec un liniment salutaire le bras
paralysé de la vieille, qui s'imagine que
son sang circule de nouveau sous la main
douce et bienfaisante qui la caresse; l'autre allume du feu avec deux vieux tisons
qui, par hasard, se trouvaient encore dans
la cheminée, et chauffe un morceau de
flanelle dont elle fait une friction, qui, peu
à peu, fait pénétrer dans le membre en-
gourdi de la malade une chaleur vivifiante,
et lui permet de remuer un peu les doigts,
ce qu'elle n'avait pu faire depuis longtemps. Enfin, tous ces devoirs de la charité
étant remplis, on s'occupe à dévider quelques écheveaux de soie que plusieurs fabricants de la ville confiaient encore à cette

pauvre veuve. Céline, Louisa et leur gouvernante, chacune un dévidoir devant elles, agitent vivement une bobine qui se remplit de soie, et se font diriger dans cet essai par la mère Durand, souriant au zèle de ses trois apprenties.

Le plus grand secret avait était recommandé à la bonne vieille, et, pendant tout le mois de juin et la moitié de juillet, eut lieu, dès le lever du soleil, ce pieux pèlerinage à la chaumière de la veuve, dont on fermait la porte avec soin. Ce n'était que vers dix heures, au moment où la cloche du château sonnait le déjeuner, qu'on y remontait à la hâte, et qu'on paraissait avoir fait la promenade la plus délicieuse.

Les voisins de la mère Durand ne revenaient pas de la gaieté qui renaissait sur ses traits flétris par le malheur. Ils ne pouvaient concevoir comment, ne pouvant agir que du bras droit, elle vaquait à ses travaux et subvenait à ses besoins. « Bon, leur disait-elle, n' savez-vous pas qu' Dieu n'abandonne jamais ceux qui croyont à sa justice et s' confiont à sa bonté ? Chaque jour ma paralysie s' dissipe, et d'puis six semaines surtout, j'ons usé d'un certain r'mède qui bientôt m' rendra tout à fait libre d' mes pauvres membres, et m' sauvera du malheur d' quitter ma chaumière. »

Cependant le père de Céline et de Louisa s'était aperçu de l'absence qu'elles faisaient chaque matin, et, remarquant dans leur conduite un mystère, il résolut de l'éclaircir. Vainement il avait fait, à cet égard, plusieurs questions à leur discrète gouvernante; celle-ci, tout en le rassurant sur les motifs des secrètes promenades de ses filles, avait déclaré que rien ne pourrait lui faire divulguer le secret qu'elles lui avaient confié.

Le capitaine voulut toutefois s'assurer

par lui-même de ce que faisaient ses enfants. Un matin, avant le lever du soleil, il les devance au hameau de Saint-Michel, les suit dans leur pèlerinage accoutumé, et les voit entrer dans une chaumière située sur les rives du Cher. Céline portait un petit panier de jonc, paraissant contenir quelques provisions; Louisa tenait à la main un paquet de linge, et la bonne qui les accompagnait avait sous le bras une vingtaine de bobines remplies de soie, qu'elle avait réunies par un cordon. Le brave marin se douta sans peine qu'il s'agissait de quelque bonne œuvre, et bientôt il en eut la conviction. A peine s'était-il glissé le long de la chaumière, du côté du jardin, qu'il aperçut, à travers une petite croisée à moitié vitrée, le tableau touchant que je vais essayer de décrire.

Céline tenait le bras gauche de la veuve, elle y versait une eau spiritueuse dont Louisa formait une friction avec un morceau de flanelle que la gouvernante renouvelait de temps en temps par un morceau semblable chauffé à la cheminée; et la mère Durand, les yeux levés vers le ciel, semblait lui demander de répandre ses bénédictions sur les deux jeunes sœurs. Bientôt la conversation qui s'établit entre elles apprit au capitaine que, depuis près de six semaines, ses deux filles prodiguaient leurs soins à cette digne femme; et que, ne se bornant pas à lui procurer tout ce qui pouvait adoucir sa cruelle position, elles réparaient la cessation de travail à laquelle était réduite la pauvre infirme en dévidant avec leur gouvernante, dans leur appartement au château, la soie confiée à la mère Durand, travail fastidieux, mais devenu son unique ressource. Ému de ce généreux dévouement, qui lui donnait l'explication des promenades du matin et de l'espèce de retraite à laquelle Céline et Louisa paraissaient vouloir se condamner, l'officier de marine confia ce trait de bienfaisance au digne pasteur, qui me l'a rapporté, et dont la pieuse philanthropie résolut de profiter pour attirer sur la malheureuse veuve l'intérêt et la considéra-tion de tous les habitants du pays.

La fête patronale du village avait ras-semblé beaucoup de monde au château de Cangé, dont les propriétaires donnaient à danser, ce jour-là, dans le parc, à la jeu-nesse des environs. La mère Durand, déjà plus d'à moitié guérie de son infirmité, s'y était rendue sur l'invitation de ses deux jeunes bienfaitrices, qui croyaient que leur secret restait ignoré, la bonne vieille leur ayant promis de ne jamais le révéler. Elle fut abordée, dans la foule, par quelques fabricants de soieries qui lui donnaient de l'ouvrage, et s'étonnaient qu'avec un bras en écharpe elle pût répondre à leur con-fiance avec autant d'exactitude. La pauvre femme rougit et balbutia. Ses regards, en ce moment portés sur Céline et Louisa, semblaient leur dire : « Ne craignez rien, je n' vous trahirai pas. » Mais le vénérable pasteur, qui saisissait toutes les occasions d'exciter la charité chrétienne, désigne à ceux qui l'entourent les deux charmantes sœurs comme les anges tutélaires de la mère Durand, et divulgue tout ce qu'elles avaient fait pour la secourir.

Cette révélation produisit l'effet qu'en attendait le digne vieillard. Les jeunes villageoises des environs, en applaudissant au trait de bienfaisance des deux demoiselles du château, se reprochèrent de s'être laissé prévenir, et se promirent de profiter de l'exemple qu'elles leur donnaient. Elles arrêtèrent que deux d'entre elles feraient tour à tour le service de la semaine auprès de la respectable veuve et l'aideraient dans ses travaux. Chaque dimanche, à la sortie de la messe, toutes les jeunes filles tiraient au sort, et celles qu'il dési-

gnaie:.t allaient s'établir à la chaumière de
la veuve, et la soignaient comme une tendre mère. Jamais le dévidage de la soie
n'avait été aus·i prompt, aussi productif. Mais ce qui vint mettre le comble au
bonheur de la pauvre femme, entièrement
rétablie de son infirmité, c'est que les jeunes vignerons du pays voulurent à leur
tour prouver leur dévouement à la femme,
à la digne mère de ceux qui avaient versé
leur sang pour la patrie. Ils convinrent
également que, tous les mois, deux d'entre
eux, choisis par le sort, seraient chargés
tour à tour de cultiver le jardin de la veuve,
et surtout son clos de vignes, en friche
depuis deux ans. Ce pacte, exécuté avec
autant de zèle que d'assiduité, procura
dès la même année, à la mère Durand,
une récolte d'excellent vin, dont la vente
lui rendit l'aisance et la sécurité de l'avenir. Elle ne rougissait point de recevoir
les services de cette brillante jeunesse

qu'elle avait vue naître, et se disait que lorsque son mari et ses enfants étaient morts au champ d'honneur, il était juste que l'humble champ qu'elle possédait fût cultivé par ceux qu'ils avaient représentés sous les drapeaux français.

La mère Durand existe encore, soignée, honorée par tous les habitants de son village. Elle n'a point quitté le lieu de sa naissance; elle s'occupe quelquefois à dévider de la soie à l'entrée de sa demeure, d'où ses regards attendris se portent sur le château de Cangé; et tous les étrangers qui vont visiter ce beau séjour, instruits de ce fait historique si digne des bons agriculteurs du jardin de la France, se font désigner avec empressement la *chaumière de la veuve*.

FIN.

Limoges. — Imp. Eugène ARDANT et C

Original en couleur

NF Z 43-120-B

www.ingramcontent.com/pod-product-compliance
Lightning Source LLC
Chambersburg PA
CBHW070757280626
47162CB00016B/1498